MIGNONNE, ALLONS VOIR
SI LA ROLLS...

Jean Daunais

Mignonne, allons voir si la Rolls...

vlb éditeur

VLB ÉDITEUR
1000, rue Amherst
Montréal (Qué.)
H2L 3K5
Tél.: (514) 523-1182
Télécopieur: (514) 282-7530

Maquette de la couverture:
Katherine Sapon

Photo de la couverture:
Superstock

Distribution:
AGENCE DE DISTRIBUTION POPULAIRE
955, rue Amherst
Montréal (Qué.)
H2L 3K4
Tél.: à Montréal: (514) 523.1182
    de l'extérieur: 1.800.361.4806

Dépôt légal — 2e trimestre 1991
Bibliothèque nationale du Québec
ISBN 2-89005-440-3

Le hasard fait mal les choses

Urbain, sûr de lui, élégant dans son complet Yves Saint-Laurent, l'homme s'approche, pose sa main sur le dossier du fauteuil et laisse tomber:

— Vous dînez seule, chère madame? En ce cas puis-je me joindre à vous?

— Oui je dîne seule, répond Arlène Supin, et non vous ne le pouvez pas, ajoute-t-elle, car j'ai choisi ce soir la solitude, laquelle ne m'est pas imposée puisque, si j'avais voulu, j'aurais pu avoir comme convive Pierre Elliott Trudeau, Bernard Pivot ou Luciano Pavarotti, voire Mario Tremblay!

L'inconnu demeure imperturbable devant ce refus catégorique. Il se contente d'ajouter:

— Dommage, j'avais des choses intéressantes à vous apprendre.

— Garçon! Veuillez apporter un couvert à monsieur, lance Arlène, curieuse sans bon sens.

Le quidam s'assoit, le sourire aux lèvres, très satisfait de lui-même. Son regard balaie un instant le restaurant bondé avant de se poser sur l'assiette de la détective.

— Vous n'en êtes qu'au caviar, avez-vous choisi le vin?

— C'est déjà fait, il refroidit dans le seau d'argent.

L'homme avise une bouteille qui gît dans un amas de glaçons. Il la soulève, lit l'étiquette.

— Morbleu, du Moët et Chandon, quel goût exquis! Cela ne me surprend pas de vous, Arlène Supin.

La latiniste grimace. Décidément, il lui est difficile de passer inaperçue; d'ailleurs, depuis qu'elle est là, la clientèle ne cesse de la dévorer des yeux.

— Vous ne voulez pas mon autographe, j'espère? ironise-t-elle.

— Non, quoiqu'il honorerait ma collection. Je possède la signature manuscrite du maréchal Lyautey, de Napoléon III, de Soljenitsyne, de Jean-Paul Belmondo et même de Ginette Reno.

— C'est merveilleux, reconnaît Arlène en enduisant un toast Melba d'un kilo d'œufs d'esturgeon.

Le maître d'hôtel présente le menu. L'homme le compulse distraitement, choisit une banale entrecôte.

— Je mange sobrement, explique-t-il, de façon à conserver ma ligne d'athlète intacte.

— Vous vous vanterez plus tard et ailleurs, cher monsieur. Veuillez plutôt m'apprendre votre nom et les choses intéressantes promises, sinon je lance ce potage sur votre cravate Givenchy, persuadée que votre entrée en matière n'était qu'un vil expédient.

L'inconnu sourit, tend une dextre manucurée où brille un solitaire gros comme le calcul qui agace votre vésicule biliaire.

— Marcel Hérat, pour vous servir, chère madame. Quand vous saurez qui je suis, vous serez persuadée que ma désinvolture n'avait rien d'une maladroite manœuvre pour vous faire la cour. N'allez pas croire cependant que je suis insensible à vos charmes. Il faudrait être une pédale incurable ou avoir bouffé une tonne de salpêtre pour ne pas être conquis par le gracieux spectacle qu'offre la généreuse échancrure de votre divine robe.

— Si vous continuez vos compliments d'adolescent boutonneux, je n'apprendrai jamais qui vous êtes, cher monsieur Hérat. Vous ne vendez pas d'assurances, j'espère?

Hérat éclate de rire et attaque d'une main ferme les premiers grammes de son entrecôte.

— Rassurez-vous, je ne suis que le plus grand criminel de la planète. Je serais même l'ennemi public numéro un, si l'on savait de quels forfaits je suis l'auteur.

— Tiens donc? remarque Arlène en sirotant quelques millilitres de champagne.

— Hélas oui, chère Arlène, je suis totalement inconnu. Il faut dire que c'est normal puisque je ne commets que des crimes parfaits. Vous savez, le plus dur à supporter pour le criminel parfait, c'est l'anonymat. Tout artiste rêve de bravos, s'en nourrit. Je dois me contenter de la discrète satisfaction du travail bien fait et d'une gloire personnelle à l'abri de tout témoin. C'est fort pénible, vous savez.

— Tellement pénible que vous m'avez choisie comme public pour vous applaudir.

— En effet, je ne peux plus garder le secret, il fallait que je le confie à quelqu'un. Quand je vous ai aperçue, j'ai tout de suite compris que vous étiez la seule personne digne de mes aveux, la seule, vu votre réputation policière, capable de savourer l'excellence de mes exploits.

Arlène a envie de rire, mais garde stoïquement son sérieux. L'homme est amusant, c'est un personnage et elle adore les personnages.

— Comme je vous comprends, monsieur Hérat. Rien de plus lourd à porter que le remords, plus lourd encore qu'un coffre-fort rempli de plomb, qu'un Steinway de concert, que Michèle Richard, que...

— Mais ce ne sont pas les remords — j'ignore ce qu'ils sont — qui me font avouer, qu'allez-vous donc imaginer?

Il paraît offusqué, le rouge lui est monté au front comme un moujik à Stalingrad. Il en renverse même son champagne sur sa braguette, ce qui le fait grimacer. Arlène poursuit:

— Mais pourtant vous avouez! Seriez-vous un masochiste qui aspire à la prison?

— La prison! Mais pourquoi? Je viens de vous dire que je suis un criminel parfait, je ne risque donc rien.

— Vous risquez surtout le ridicule! La comédie a assez duré, monsieur. Cette entrée en matière a peut-être le mérite de l'inédit, mais elle commence à me casser les pieds. Que voulez-vous au juste?

Hérat suspend le vol de sa fourchette. Il semble incrédule. Quoi! Elle pense qu'il fabule, elle le prend pour un rigolo malhabile? Non mais, quel toupet!

— Vous ne me croyez donc pas, chère Arlène Supin?

— Sûrement non! D'abord, si je vous croyais, je ferais immédiatement venir la police afin qu'elle vous coffre.

— Mais je dis la vérité, je le jure sur ce que j'ai de plus précieux, mon Rembrandt dérobé au Rijksmuseum d'Amsterdam. Quant à me faire coffrer, vous voulez rire.

Aucune preuve de mes crimes n'existe et tout policier mandé par vos soins ne recevrait de ma part que négation offusquée. Il croirait au délire d'une aventurière, jolie et pulpeuse j'en conviens, mais en mal de sujet de roman.

Arlène soupire. Sa patience arrive à bout et elle veut en finir. Cet importun l'a amusée un moment, mais l'intermède s'éternise et elle n'a plus le goût de rire. Et puis elle est pressée, elle ne veut pas manquer *Apostrophes* où, ce soir, on traite des plus récents ouvrages sur l'enluminure carolingienne.

— C'est bon, admettons que vous êtes ce grand criminel, mais prouvez-le-moi.

— Facile, ricane Marcel Hérat. Le hold-up de la Banque d'épargne sur la Rive sud, le jour de la Saint-Valentin, c'est moi! Le vol du camion blindé dans le Vieux-Montréal, les six millions, vous vous rappelez? C'est encore moi! L'enlèvement de madame Sarah Stacoère, la riche héritière, c'est bibi! Vous vous souvenez sûrement, ce rapt avait fait la une de *La Presse,* du *Journal de Montréal* et même du *Devoir,* c't-y assez fort?

— Vous voulez parler de cette pauvre octogénaire à qui l'on a coupé l'auriculaire droit pour l'expédier à sa famille par courrier recommandé, comme preuve du sérieux de ses ravisseurs?

Hérat jubile, un petit rire de satisfaction secoue ses larges épaules. Il lève son verre, joyeusement.

— Hé, hé, hi, hi… oui, c'est moi! Je suis même l'auteur de la délicate intervention chirurgicale qui empêche aujourd'hui cette vieille chipie de débarrasser ses oreilles de leur trop-plein de cérumen.

Arlène laisse tomber sa tasse de café. Elle est rose de fureur.

— Votre humour noir confine au dégueulasse, monsieur! Je n'ai jamais vu un tel mauvais goût.

— Mais vous vouliez des preuves, s'étonne Hérat, je vous en donne! Vous êtes encore incrédule, ma foi. Décidément, il va falloir tout vous dire... Eh bien soit! La fraude qui a vidé les caisses de l'Armée du Salut, c'est encore moi, du moins en ai-je conçu l'exécution de A à Z.

Arlène sent l'inquiétude s'emparer d'elle. C'est un fou dangereux, à moins que... À l'inquiétude succède le doute: et s'il disait vrai?

— Vous ne semblez pas tellement convaincue, chère amie, ajoute Hérat, alors je vais vous persuader totalement: je commettrai bientôt un crime fabuleux qui fournira par le fait même la preuve irréfutable de ce que j'avance!

— Un crime! Où? Quand? Comment?

— Que vous êtes curieuse, Arlène! Je ne vais tout de même pas tout dévoiler. Disons que mon forfait aura lieu dimanche... Je laisserai d'ailleurs sur les lieux un indice éloquent.

— Lequel?

— Vous avez un mouchoir?

— Pardon?

— Un mouchoir! Toutes les femmes en ont un dans leur sac.

— Vous êtes enrhumé? demande Arlène en produisant un délicat petit mouchoir de dentelle brodé à son chiffre.

— Heureusement non, dit-il en s'emparant du mouchoir, qu'il porte à ses narines avant de l'enfouir dans sa poche. Ce ravissant bout de tissu qui fleure bon Arpège de Lanvin sera ma preuve. Je le laisserai sur les lieux du crime... Adieu, Arlène Supin, ajoute-t-il en lançant deux

billets de cent dollars sur la nappe, vous êtes mon invitée…
et merci de m'avoir permis de libérer mon ego, ça soulage.

Il se lève, lui baise la main et quitte la table, comme
il était venu.

— Au revoir, monsieur, répond une Arlène médusée
qui ne trouve rien d'autre à dire.

Ce n'est que beaucoup plus tard, en quittant le restaurant, qu'elle s'aperçoit que l'infect individu lui a dérobé
sa montre.

❑

Malgré sa mémoire phénoménale, Arlène Supin a ce
don d'oublier les incidents, du moins de les reléguer dans
la case «faits insipides» de son cortex. Cet hurluberlu l'a
perturbée un moment mais, mon Dieu, des fous, il y en a
partout. Elle en fut quitte pour la perte d'un joli petit mouchoir, cadeau d'Ivan Lendl lui-même*. C'est donc le cœur
léger et l'esprit dégagé qu'elle entre quelques jours plus
tard dans la librairie Bertrand, Place Ville-Marie, pour se
procurer le dernier Bernard-Henri Lévy ainsi que le plus
récent microsillon de Michel Sardou. Elle n'est pas tellement surprise d'apercevoir dans le rayon des disques son
vieux copain et policier d'élite Lino Léomme, qui
feuillette fébrilement la vaste section réservée aux succès
de Mireille Mathieu, sa chanteuse préférée.

— Quoi de neuf, cher Lino?

---

* Lire: *La raquette de la protection,* une aventure d'Arlène
Supin.

— Beaucoup de travail, Arlène, on assassine allégrement de ce temps-ci. Tenez, pas plus tard qu'hier deux meurtres me sont tombés dessus.

— Intéressants, ces crimes?

— Bizarres, surtout, et qui tendent à prouver que le hasard fait parfois mal les choses. Imaginez-vous que les deux victimes avaient en leur possession un billet gagnant du gros lot de la 6/49. Les chanceux, un million deux cent trente-six mille dollars chacun!

— Ouais, chanceux est une façon de parler! Mais comment se fait-il que les assassins ne se soient pas emparés des billets de loto?

— Le vol ne semble pas être le mobile des crimes, car l'une des victimes portait encore à son poignet une montre en or fort coûteuse. De toute façon, à supposer que les meurtriers aient découvert que les billets étaient gagnants, il aurait été dangereux pour eux de se présenter à la Régie pour récolter les prix sans savoir si les familles des pauvres assassinés étaient au courant ou non de leur victoire à la loto.

— Ce qui exclut donc l'hypothèse de perdants sadiques qui, dans un excès de jalousie démentielle, auraient voulu priver des joueurs victorieux de leur million... Mmm, admettez cependant que la coïncidence est étrange... Vous avez une piste, Lino?

— Aucune jusqu'à maintenant. Les assassins n'ont pas laissé de traces. Nous croyons dans un cas au crime passionnel, car l'une des victimes est une tapette, mais vous savez, de nos jours...

— Comment avez-vous découvert cette homosexualité, Lino?

— Ben voyons, ça crevait les yeux, il portait à son veston une pochette de dentelle.

— Et alors, Lino, ce détail n'est pas suffisant pour émettre des doutes sur sa virilité. Qui sait, il arborait peut-être le mouchoir de sa petite amie, par coquetterie machique, justement.

— Mais j'y pense, vous avez sans doute raison puisqu'il s'appelle Vladimir O'Bolan et que le mouchoir était brodé d'initiales sans aucun rapport avec son nom.

Arlène, soudainement livide, doit se retenir à l'épaule de Léomme pour ne pas s'évanouir.

— Qu'avez-vous, Arlène, grands dieux, un malaise?

— Ces initiales, Lino, ne se liraient-elles pas: A.S.

— Oui, justement! Diantre, chère amie, comment avez-vous deviné?

— Je ne devine jamais, Lino, je sais! Et je connais même le nom de l'assassin. Il s'agit d'un certain Marcel Hérat!

Cette fois c'en est trop, Lino Léomme laisse échapper de stupeur une dizaine de microsillons, qu'il entreprend de cueillir à quatre pattes sur le sol, sous l'œil mauvais du commis attiré par l'incident. Ce crime est le plus mystérieux de sa longue carrière de détective et Arlène prétend l'avoir déjà résolu. Vraiment elle exagère!

— Venez, Lino, laissez ces disques et courons vers un lieu plus propice à la réflexion. Que diriez-vous de Dunkin Donuts?

— Quelle excellente suggestion, reconnaît Lino, qui entend tout de même ramener chez lui une couple de chefs-d'œuvre en acquittant leur prix d'achat à la caisse.

— J'aime bien leur soupe servie avec une large tranche de pain, ajoute Arlène, ça me rappelle les collations de mon enfance à Saint-Félix-de-Valois... Mais trêve de nostalgie, allons-y!

Ils marchent tous deux à grands pas sur la rue Sainte-Catherine, jusqu'à la rue Peel. En tournant vers la gauche, Lino Léomme est heurté de plein fouet par un quidam distrait et l'œuvre de la divine chanteuse se répand sur le trottoir gras. Confus, le quidam se précipite.

— Tu touches à ça et tu es un homme mort, hurle Lino en produisant un Colt Special Police auprès duquel la grosse Bertha aurait semblé souffrir de nanisme.

Et le revoilà à genoux, récupérant son précieux butin.

— Vous en faites trop, Lino, lui reproche Arlène. Excusez-le, monsieur, il est nerveux de ce temps-ci.

Le quidam n'insiste pas et file en lançant un «yé fou, s'tie?» étonné. La latiniste se demande si cette remarque souligne la vivacité du policier ou bien ses goûts musicaux. Léomme ne cesse de grogner qu'une fois confortablement installé devant une douzaine de beignes au miel flanqués d'un café brûlant.

— Dites-moi, cher Lino, qui était l'autre victime?

— Augusta Rantule, caissière dans un supermarché de Saint-Léonard.

— Celle qui portait la montre en or?

— Justement.

— Allez vite téléphoner à vos assistants, Lino, et priez-les de vérifier si l'endos de cette montre ne serait pas gravée des initiales S.S.?

— Voulez-vous bien m'expliquer, Arlène?...

— Allez, Lino, faites ce que je vous dis.

Le détective quitte à regret son huitième beigne et marche d'un pas résigné vers la cabine téléphonique. Arlène le regarde aller, atterrée. «Si ce que je redoute s'avère exact, pense-t-elle, je crois bien que mon Waterloo est arrivé.»

Lino Léomme revient tout souriant. Il faut dire qu'il s'est arrêté au comptoir de service et que, par précaution, il s'est nanti d'une douzaine de beignes frais.

— Et alors? demande Arlène qui se ronge les ongles à se faire péter le Revlon.

— Encore une fois vous aviez raison, chère amie. Augusta Rantule portait bien une montre en or marquée des initiales S.S. Vraiment vous êtes formidable.

S.S.! Les initiales que Sylvester Stallone, le brillant acteur, a fait graver sur la Piaget qu'il a offerte à Arlène pour services rendus* et que Marcel Hérat, prodigieux pickpocket, lui a soutirée à l'occasion d'un baise-main aussi galant que perfide.

— Bonph!… Mainfnanh hallehchfousmdir harlechne… continue le policier.

— Lino, combien de fois vous ai-je prié de ne jamais parler la bouche pleine? Vous voulez sans doute apprendre comment il se fait que je sache déjà le nom du criminel, que je connaisse également les initiales brodées sur le mouchoir retrouvé dans la poche d'une des victimes et que j'aie subodoré la présence d'une montre gravée des lettres S.S. au bras de la seconde? Eh bien voilà…

Et Arlène se met à narrer sa rencontre avec Marcel Hérat en n'omettant aucun détail. Lino Léomme est tellement interdit qu'il en oublie même de mastiquer, ce qui rend le spectacle de sa bouche bée complètement dégueulasse.

— Buvez votre tasse de café et dites-moi ce que vous pensez de tout ça, mon bon Lino, dit Arlène en terminant.

---

* Lire: *Ceps et biceps, ou les vignes du saigneur,* une aventure d'Arlène Supin.

Le lieutenant vide sa tasse d'un trait, éponge ses commissures à grands coups de serviette de table et, à défaut d'opinion, émet un rot retentissant qui perturbe un moment les clients de l'établissement. Fort de cette libération digestive, il pose ses deux coudes sur la table et son menton dans sa main droite.

— Vous pensez vraiment que votre Marcel Hérat a commis ce geste infâme dans le seul but de vous épater, de vous convaincre de son génie criminel? Bref, vous supposez que dans le seul but de prouver son talent il a choisi comme victimes les deux gagnants du 6/49, les a assassinés puis a laissé sur les lieux du crime des objets qui vous prouveraient hors de tout doute sa culpabilité? Mais voyons, Arlène, cela ne tient pas debout! Non, nous avons plutôt affaire à une série de coïncidences fort étranges, je l'admets, mais tout de même plausibles. Que les victimes se retrouvent en possession d'objets vous ayant appartenu méduse sans doute l'imagination, mais il y a sûrement une explication. Hérat a peut-être vendu votre montre à quelque individu de rencontre qui l'a refilée à un autre... et ainsi de suite! Nous pouvons alors remonter jusqu'au poignet d'Augusta Rantule. Quant à votre mouchoir, il l'aura complaisamment offert à une enrhumée qui, sait-on jamais, l'aura oublié au fond d'une cuve de buanderette où Vladimir O'Bolan l'a récupéré en allant laver ses chaussettes. Vous voyez, tout s'explique, Arlène!

— Oui, mais mal. Pourquoi diable supposez-vous un scénario abracadabrant et refusez-vous à tout prix la culpabilité de Marcel Hérat?

Léomme, qui a profité de la question d'Arlène pour attaquer un dix-septième beigne, réfléchit un moment avant de répondre.

— Parce que l'exploit de Marcel Hérat est impossible, chère et ravissante amie. En effet, comment pouvait-il savoir l'identité des gagnants de la 6/49 avant que ceux-ci se manifestent? Vous ne voulez tout de même pas me faire croire que les deux victimes le connaissaient et que c'est à lui seul qu'elles ont appris leur victoire à la loto? Ce serait admettre l'invraisemblable, ne trouvez-vous pas?

La latiniste se prend la tête à deux mains, complètement découragée.

— Je sais bien, cette histoire n'a aucun sens, mais je suis sûre que Marcel Hérat est coupable. Nous avons affaire à un génie du mal, Lino, un Einstein du crime. Et il me faut le confondre, ce scélérat! Vous imaginez la tâche, ami très cher? Je compte sur votre collaboration, évidemment...

— Elle vous est tout acquise, Arlène, vous le savez bien. Que voulez-vous que je fasse?

— Enquêtez sur les victimes, tâchez de tout savoir, fouillez leur passé, leur présent, tout, quoi! Quant à moi, je me charge de retrouver ce Marcel Hérat qui, évidemment, doit être un alias. Ensuite nous aviserons.

— Je me mets au travail immédiatement, annonce Léomme en se levant précipitamment. Venez, prenons un taxi et filons à mon bureau pour tracer un portrait-robot du meurtrier.

— Ce n'est pas nécessaire, son portrait moral me suffit. Ne craignez rien, je vais vous le dénicher! Ah! il veut se moquer de moi, eh bien à nous deux, monsieur Hérat!

Galant, Lino dépose Arlène chez elle en lui promettant de l'appeler dès qu'il aura du nouveau. Il quitte même un instant le taxi pour lui ouvrir la portière, moins

par courtoisie que pour ne pas rater le gracieux spectacle
des jolies cuisses de la latiniste mises en valeur à sa sortie
du véhicule. Ce n'est qu'après avoir demandé au chauffeur de continuer jusqu'au poste de police qu'il s'aperçoit
que ses disques de Mireille Mathieu sont demeurés sur la
banquette du Dunkin Donuts. Il pousse un soupir de
découragement qui déloge le sapin désodorisant suspendu
au rétroviseur du taxi.

❑

Un appel à son ami Serge Savard a suffi. Arlène a été
admise sur la passerelle des journalistes du Forum où,
nantie de puissantes jumelles, elle scrute l'assistance. Il
doit être là, elle le sent, le devine, le flaire comme un
chien de chasse hume la piste. Voilà des jours qu'elle le
cherche, partout où il devrait nécessairement se trouver.
Après avoir quitté le taxi de Lino, elle a beaucoup réfléchi: Marcel Hérat n'est pas seulement un grand criminel,
c'est surtout un fat étouffé d'orgueil. Car il faut l'être
pour lancer un tel défi à Arlène Supin. Bellâtre, probable-
mement riche à craquer vu le fruit de tous ses crimes, il
mène sûrement grande vie. Obligé de cacher la source de
sa fortune, il doit tout de même faire ostentation de sa personne, circuler dans le beau monde pour prouver qu'il a
réussi. Elle a donc visité tous les grands restaurants du
centre-ville, tous les bars huppés. Elle a passé des heures
sur la rue Laurier, au Queen Elizabeth, au Ritz, voire à
Saint-Sauveur. Elle a même fait toutes les allées du mar-

ché Métro de Sainte-Adèle samedi dernier, sans succès. Elle a été jusqu'à jogger sur la montagne au petit matin, mais peine perdue. Alors elle a pensé au Forum, surtout à ses loges, pas loin du banc du Canadien...

— Et j'ai eu raison! s'écrie-t-elle en apercevant en gros plan sur la lentille de ses Zeiss le faciès de Marcel Hérat.

Elle ajuste le zoom: oui, c'est bien lui, le poing brandi, encourageant à grands cris Stéphane Richer qui, sur la glace, a entrepris de casser la gueule de quelque Nordique.

— Je savais bien que je le retrouverais, ajoute-t-elle, les dents serrées. Voyez vous-même, cher Lino.

Le détective, ravi d'admirer ses héros, a volontiers accepté d'accompagner Arlène au Forum. Il s'empare des lunettes d'approche, ajuste la focale et suit les indications de la latiniste.

— C'est inimaginable, inouï, qui l'aurait cru?

— Quoi donc? demande Arlène agacée.

— Marcel Hérat ne serait autre que Ronald Corey?

— Mais non, gros épais, regardez plutôt dans la loge à côté.

— Le beau brummel en capot de chat avec la rousse incendiaire?

— Lui-même! Nous n'avons pas de temps à perdre, Lino, vous allez le suivre à sa sortie, après le match. Une simple filature, hein! Je veux qu'il ne se doute de rien. Dès que vous saurez son adresse et sa véritable identité, nous dresserons un plan pour le confondre. Quant au rapport que vous venez de me remettre sur les deux victimes, je l'analyserai chez moi, avant de me mettre au lit. Il est exact, au moins?

—Voyons, Arlène, vous connaissez ma rigueur proverbiale et la minutie de mes enquêtes. Tout ce qu'il faut savoir d'Augusta Rantule et de Vladimir O'Bolan est là, consigné dans ces quelques feuillets.

— Bon, alors je m'en vais de ce pas!

— Quoi, vous n'attendez pas la fin du match?

— Oh! moi vous savez, quand Gretzky n'est pas sur la glace, le hockey me semble à peine plus palpitant qu'une partie de boulingrin.

Juste à ce moment, Denis Savard, après un élégant slalom à travers une nuée d'adversaires, lance la rondelle au fond du filet québécois. Arlène profite de l'immense clameur pour prendre congé, non sans avoir auparavant assisté à la chute du hot-dog que Lino, euphorisant, a laissé choir sur la tête d'une brave Lavalloise, plusieurs mètres plus bas.

Elle saute dans un taxi et quelques minutes plus tard se glisse dans sa baignoire fumante et aromatisée. Mollement étendue, elle se met à lire attentivement le rapport de Lino Léomme:

AUGUSTA RANTULE, 42 ans, célibataire, habitait un haut de triplex, rue Langelier à Saint-Léonard, avec sa vieille mère et un perroquet qui répond au nom, fort original ma foi, de Ti-Pit et que madame Rantule mère, sourde comme un pot, ne semble pas apprécier. Cette dernière jure ses grands dieux qu'elle ignorait que sa fille détenait un billet de loterie gagnant. C'est elle qui a découvert le corps d'Augusta, la gorge tranchée, gisant sur le sol ripoliné de la cuisine, à son retour d'un bingo. On ne peut mettre en doute sa parole, l'organisateur du bingo ayant confirmé sa présence à l'événement. Il se rappelle l'avoir vue, assise à quelques centimètres d'un puissant haut-parleur dont la proximité favorisait l'audition de l'annonce des numéros. Seul véritable témoin du drame, le perroquet interrogé par mes soins fut peu loquace. Il s'est contenté de dire: «Ti-Pit veut des chips» et, pressé de questions, a changé de sujet en chantant «Une colombe est partie en voyage...» Ma foi du bon Dieu, on aurait cru entendre Céline Dion!

Augusta Rantule agissait comme caissière dans un marché Provigo des environs. Son patron et ses compagnes de travail sont formels: c'était une brave femme, dévouée, fort timide au demeurant et qui menait une vie sans éclat. Elle rentrait tous les soirs à la maison et on ne lui connaît aucun amant. Bref, la vie monotone d'une vieille fille qui prend soin de sa maman et qui, en guise de passe-temps, dialogue avec un volatile mélomane. Tous ses proches sont unanimes: elle ne semblait connaître aucun individu répondant au signalement de Marcel Hérat.

VLADIMIR O'BOLAN, 32 ans, habitait un condominium sur les bords du lac Saint-Louis, dans le West Island. Courtier en valeurs mobilières, divorcé deux fois, playboy invétéré, il vivait avec une coiffeuse depuis déjà six mois, ce qui semble un record pour ses voisins de palier habitués à le voir rentrer tous les soirs avec une femme différente. On ne peut soupçonner la coiffeuse qui, à l'heure du crime, travaillait au salon qui l'embauche. O'Bolan a été retrouvé au volant de sa Mercedes, un couteau planté entre les omoplates, dans le garage de son immeuble. Aucun témoin, malheureusement, ce garage n'étant pas équipé de poste de surveillance. Les confrères et associés

d'O'Bolan ne lui connaissaient pas d'ennemis, car si sa
vie privée semblait dissolue, sa vie professionnelle était
irréprochable. Je crois, dans les circonstances, qu'il faut
«chercher la femme» puisque l'infidélité légendaire de la
victime devait laisser derrière elle une nuée de maîtresses
désavouées prêtes à se venger.

L'eau fraîchissant, Arlène pose le dossier de Lino
Léomme sur le rebord du bidet, tire la manette du bouchon et quitte à regret la baignoire pour enfiler son pei-
gnoir de ratine. C'est en mijotant dans l'eau qu'elle mijote
le mieux les hypothèses qui lui permettent de résoudre les
affaires les plus mystérieuses, mais cette fois-ci, elle est
complètement bredouille. Comment ce sacré Marcel
Hérat a-t-il pu découvrir l'identité des gagnants de la
loto? L'homme est un génie et cela l'agace profondément.
Elle ne peut tout de même pas s'avouer vaincue, elle,
Arlène Supin, celle auprès de qui Maigret, Hercule Poirot
ou Sherlock Holmes ne sont que de vulgaires amateurs
tout juste bons à diriger la circulation, et encore! Elle n'a
donc pas le choix: il lui faut maintenant découvrir le
modus operandi du meurtrier, et ça, comme disait sa
grand-mère en faisant son gâteau des anges, c'est pas de
la tarte!

❑

Lino Léomme n'est peut-être pas le policier le plus
futé, mais pour les filatures, il n'a pas d'égal. Jour ou nuit,
par chaleur torride ou grand froid, sa concentration ne

vacille jamais et il suit sa proie comme une ombre, sans se faire remarquer. Il faut dire que sa personnalité n'a rien de remarquable, ce qui l'aide beaucoup dans son travail. Donc il a quitté la galerie de la presse quelques minutes avant la fin du match Canadiens-Nordiques, ce qui demandait du courage, car Québec venait d'égaliser et l'assistance se rongeait les ongles d'inquiétude.

Dissimulé à l'entrée du couloir, derrière le banc des Montréalais, il surveille son homme comme votre chat le canari du voisin mis au frais sur le rebord de la fenêtre ou comme Patrique Roy*, la rondelle sur la palette d'un marqueur de cinquante buts. Malgré le talent du cerbère, les Nordiques lui en passent une entre les jambes deux secondes huit dixièmes avant le coup de sirène final et Marcel Hérat quitte sa loge précipitamment, visiblement dégoûté du spectacle, suivi de la rousse incendiaire et, à courte distance, du détective frétillant comme un setter irlandais. Rue Sainte-Catherine, il hèle un taxi, imité aussitôt par Lino Léomme ravi de pouvoir lancer le classique: «Suivez cette voiture!»

Le chauffeur, également enchanté de l'occasion, ne se fait pas prier et colle au criminel comme la gomme baloune au nez des adolescents. Le taxi d'Hérat emprunte la rue Guy jusqu'à Côte-des-Neiges et s'arrête devant une somptueuse conciergerie avec vue imprenable sur le cimetière. Hérat règle la somme indiquée au compteur, ajoute un pourboire dont la générosité frise l'ostentation et, toujours nanti de sa flamboyante compagne, s'engouffre dans un lobby dont le luxe ne déplairait pas à Louis XIV s'il

---

* Comme le prononcent toujours les commentateurs sportifs.

revenait sur terre. Le couple se dirige immédiatement vers une batterie d'ascenseurs dont l'un les propulse bientôt vers une altitude plus aristocratique.

Derrière eux, Lino a déjà sorti de sa poche sa carte de police et l'exhibe au gardien qui officie derrière un comptoir en bois de rose frais ciré.

— Ce monsieur qui vient d'entrer, comment s'appelle-t-il?

— Avec la belle grande rousse? Non mais, avez-vous vu la gonzesse? Y faut avoir les moyens pour s'envoyer un morceau pareil.

— Son nom! insiste Lino.

— Je l'ignore, c'est la première fois que je la vois.

— Je ne parle pas de la femme, je veux le nom de l'homme.

— Ah! monsieur Hérat? Oui, il se nomme Marcel Hérat. Un gentleman très riche, très aimable aussi... et généreux! Croyez-le ou non, mais à Noël dernier il m'a donné mille dollars de pourboire.

«Ça vaut bien la peine, se dit Léomme en soupirant, Hérat n'utilise pas d'alias, j'aurais simplement pu regarder dans le bottin téléphonique.»

— Que fait-il dans la vie? veut tout de même savoir Lino.

Le gardien, qui ressemble comme deux gouttes d'eau à Bernard Derome, si l'on fait exception de sa moustache poivre et sel et de sa totale calvitie, prend un air soupçonneux.

— Hmm, j'aimerais bien le savoir. Il a des heures irrégulières, du moins je ne le vois pas partir au bureau tous les matins comme les autres locataires. Il reçoit peu de courrier et presque jamais de visite.

— Et des femmes comme cette rousse, il en ramène souvent?

— Très rarement, mais chaque fois elles pourraient être Miss America.... Heu, dites-moi, vous lui voulez quoi, au juste?

— Je regrette, secret professionnel! répond Lino. Mais je vous demande d'être discret, il ne faut pas qu'il sache qu'on enquête sur lui. Promis?

— Juré craché! promet le gardien en redressant les épaules pour manifester son sens aigu de la collaboration, vous pouvez compter sur moi.

— Merci, mon brave... Vous vous appelez comment?

— Alfred, monsieur l'agent, Alfred Demuçais!

— Tiens donc, il me semble avoir déjà entendu ce nom quelque part.

— C'est possible, je viens de Sainte-Angèle-du-Flocon, dans le Bas-du-Fleuve. C'est plein de Demuçais dans ce coin-là.

— Ce doit être ça, convient Léomme qui s'en fout éperdument... Euh, vous avez le téléphone?

— Mais bien sûr, faites comme chez vous, monsieur l'agent.

Et il lui tend l'appareil placé derrière le comptoir. Lino compose aussitôt le numéro d'Arlène Supin.

— ... Allô? répond une voix qui semble provenir du plus profond d'un lit.

— Vous dormiez, chère amie?

— Non, Lino, je rêvassais seulement, je pensais à cet horrible Marcel Hérat.

— Justement, je suis chez lui, du moins dans le lobby de la conciergerie où il habite, sur la Côte-des-Neiges...

— Bravo, Lino!... Et alors, qu'avez-vous appris?

— Il s'appelle bel et bien Marcel Hérat, ce n'était donc pas un alias.

— Diantre, jusqu'où ira le culot de ce forban! Son audace est vraiment incroyable, rage Arlène au bout du fil.

— Il n'a sans doute rien à se reprocher, belle amie dont j'envie en ce moment les draps de satin.

— Trêve de propos libidineux, Lino, et courez vite arrêter ce criminel.

— Quoi, l'arrêter? Sans raison, sans preuve, sans mandat? Vous voulez rire, Arlène?

— Non, Lino. Si je voulais rire, je lirais quelques pages d'Alphonse Allais dont les œuvres complètes garnissent ma table de chevet, non, je suis au contraire très sérieuse.

— Vous m'en demandez trop, Arlène. Autant suis-je toujours prêt à vous rendre service, autant je suis probe dans mon travail. Je n'ai aucune raison d'arrêter cet homme... et puis je ne veux pas me retrouver devant la Commission de police pour avoir outrepassé mon devoir.

— Seriez-vous pleutre, Lino?

Le lieutenant Léomme se raidit, l'honneur giflé par l'épithète chère à Pierre Elliott qui propulsa tant de journalistes vers leur dictionnaire. Il en enlève même sa gomme à mâcher qu'il dépose sous le rebord du comptoir.

— Vous m'insultez profondément, Arlène, vous piétinez mes sentiments et mon orgueil et galvaudez l'amitié qui nous lie depuis tant d'années... Bref vous me décevez et ce n'est pas avec des insultes que vous parviendrez à me convaincre de la justesse de votre opinion...

— Vous auriez préféré sans doute que j'utilisasse l'expédient de la manière douce, que je vous susurrasse dans l'écouteur une prière honteusement câline et remplie de soupirs voluptueux, que je fisse bruisser le satin de mes draps en y ondulant lascivement mon corps nu, hein Lino? Ainsi vous auriez voulu que je m'abaissasse à provoquer vos vices plutôt que vos vertus, que je m'adressasse à vos glandes plutôt qu'à votre cerveau? Alors je vous dis: quelle déchéance, Lino, vous que je croyais le dernier des chevaliers!

Lino Léomme fond littéralement sur le plancher de marbre du lobby. Il finit par soupirer:

— Correct d'abord, m'a y aller. Mais promettez-moi de venir dès demain matin au poste de police, avant que l'avocat d'Hérat ne me ridiculise. Et n'oubliez pas d'apporter votre bagage d'arguments, nous en aurons bien besoin.

— Promis, mon beau Lino d'amour, à demain... bye, bye!

Et elle raccroche. Lino, qui a comme l'impression de s'être encore fait avoir, trouve quand même le courage de demander le numéro de l'appartement de Marcel Hérat.

— Le 2041, au vingtième évidemment!

Et Alfred Demuçais regarde le détective marcher lentement, le dos voûté, vers l'ascenseur.

Marcel Hérat n'a pas tardé, sitôt chez lui, à entreprendre les grandes manœuvres. Laissant tomber son capot de chat sur la moquette pure laine bouclée, il tend les bras à la rouquine qui s'y précipite en gloussant de joie. Deux secondes plus tard, il lui a retiré son manteau et entreprend de déboutonner son chemisier tout en lui chuchotant à l'oreille des cochonneries dont la demoiselle fait mine de s'effaroucher en poussant des «Oh! mon

Dieu, qu'entends-je?» du plus bel effet. Venu à bout du soutien-gorge, il s'attaque résolument à la fermeture éclair de la jupe qui, comme toujours en pareille circonstance, devient aussitôt récalcitrante. La belle lui tape sur les doigts et, en lançant un «de grâce, gardez vos distances, cher monsieur», baisse le YKK d'un geste vif et se dégage, d'un bond gracieux, de la jupe tombée sur le sol. Hérat, le souffle aussi court que le curriculum vitæ de votre beau-frère, entreprend de se précipiter sur la petite culotte quand la sonnerie du téléphone retentit, intempestive. Marcel Hérat grogne de mécontentement en décrochant le combiné.

— Monsieur, c'est Alfred Demuçais, le gardien. Un policier vient de quitter le lobby pour monter chez vous.

Un sourire légèrement sardonique soulève les commissures de Marcel Hérat. Il attend ce moment depuis des années, lui qui n'a même jamais eu de contravention.

— Merci de m'avertir, mon bon Alfred.

— Y a pas de quoi, répond Demuçais, plus soucieux de son prochain bonus de Noël que de son devoir civique.

Hérat se dirige vers la porte, l'ouvre largement.

— Mon doux que vous m'avez fait peur! s'exclame Lino qui s'apprêtait à mettre le doigt sur la sonnette.

— Je m'en excuse, cher monsieur. Loin de moi le désir de vous épouvanter... je croyais avoir entendu frapper. Mais entrez, voyons. Que me vaut l'honneur?

Lino Léomme pénètre d'un pas résolu dans le somptueux appartement d'Hérat. Il demeure un moment interdit en apercevant la superbe rousse plantée au beau milieu du salon la petite culotte à la main. Rouge de confusion, il finit par bégayer:

— Je... je ne vous dérange pas, j'espère?

— Mais pas du tout, voyons. Je m'apprêtais à vigoureusement honorer cette charmante enfant, mais cela peut
attendre. N'est-ce pas, mignonne?

La mignonne laisse échapper un petit éclat de rire
gêné.

— Oui, mon gros loulou.

Et sans plus de manière elle s'empare d'une queue de
bois franc et se met à frapper les boules d'ivoire du
magnifique billard qui trône au milieu de la place. Lino
Léomme étire d'un doigt nerveux son col de chemise soudainement devenu trois points trop petit.

— Laissons mademoiselle à ses occupations ludiques
et dites-moi plutôt qui vous êtes, monsieur, et surtout ce
que vous me voulez à pareille heure.

Sans détourner son regard de la rousse qui s'étire de
son mieux pour caler la boule rose, Lino avale sa salive
puis, d'un ton solennel, déclare:

— Lieutenant-détective Lino Léomme, de la police
de Montréal! Vous êtes bien Marcel Hérat?.

— Pour vous servir, lieutenant, dit Hérat en claquant
des talons.

— Eh bien, monsieur Hérat, je suis venu vous arrêter
pour le meurtre d'Augusta Rantule et de Vladimir
O'Bolan. Veuillez me suivre!

Marcel Hérat éclate d'un rire qui fait tinter le cristal
du candélabre suspendu au-dessus du piano.

— Tu entends ça, mignonne? Monsieur est venu
m'arrêter!

La plantureuse billardiste se redresse, en profite pour
remettre de l'arcanson sur le bout de sa queue.

— Qu'est-ce que t'as encore fait, mon gros pitou
d'amour?

— Il paraît que j'ai assassiné deux personnes. Non, mais vous délirez ou quoi, lieutenant?

— Allons Hérat, soyez raisonnable et suivez-moi! Ne m'obligez pas à utiliser la manière forte, je déteste la violence.

— Vous avez un mandat d'arrestation?

— Euh, non, mais j'ai ceci, répond Lino en brandissant son Colt Spécial Police.

Marcel Hérat retrouve son sourire. Cet imbécile l'amuse et il subodore derrière ce ridicule comportement l'influence évidente d'Arlène Supin. Il est un peu déçu cependant, il aurait préféré qu'elle vienne elle-même l'accuser. Mais elle ne perd rien pour attendre, celle-là!

— Soit, je vous suis, dit-il noblement, car votre arme ne me laisse pas le choix. Profitez d'ailleurs de votre position de force, cher monsieur, puisque c'est la dernière fois que vous en usez. Dès demain mon avocat saura faire comprendre à vos supérieurs que votre place n'est pas ici, mais plutôt au coin de Peel et Sainte-Catherine, à diriger la circulation... En parlant d'avocat, j'ai le droit, si je ne m'abuse, de téléphoner, n'est-ce pas monsieur l'agent?

— Oui, allez-y! grogne Lino qui n'apprécie pas la baisse de grade.

— J'en ai pour une minute...

❑

Arlène Supin dort à poings ouverts, peu stressée par la conjoncture, et Simon Moine, son fidèle majordome, doit frapper violemment sa porte de chambre pour parvenir à la réveiller.

— On vous demande au téléphone, madame Arlène, hurle-t-il.

— Ça va, Simon, j'ai compris, répond-elle d'une voix aussi endormie qu'un back-bencher de la Chambre des Communes.

Elle s'empare du combiné de nacre, sur la table de chevet.

— Ici Arlène Supin, que me veut-on?

— Vous morigéner, chère amie! Car vous auriez pu m'envoyer un limier moins lourdaud et me faire convoquer à une heure plus décente. Me voilà obligé de passer la nuit en prison comme un voyou de bas étage, moi qui habite au vingtième... Mais je vous appelle aussi pour vous demander conseil: connaissez-vous un bon avocat?

Arlène, qui a immédiatement reconnu Marcel Hérat, ne peut s'empêcher d'admirer son cran. L'homme est très fort et sera donc coriace.

— Je vous recommande chaudement Maître Paul Hitain, une sommité du droit qui officie dans la stratosphère d'un gratte-ciel de la rue Sherbrooke Ouest. Il sera sûrement à la hauteur.

— Merci, Arlène, mais attention! S'il est ce que vous dites, il devra accepter de vous ridiculiser totalement et démontrer devant la hiérarchie policière l'outrecuidance de votre aberrante accusation. Car je nierai tout, évidemment, et comme vous êtes absolument incapable de prouver quoi que ce soit contre moi, vous aurez l'air d'une farfelue. Je serai votre premier échec, Arlène Supin!

— C'est ce que nous verrons, Hérat!

— Comme vous voulez, mais vous aurez été avertie, chère madame. À bientôt!... En attendant, je vous passe le constable Léomme.

Arlène imagine le faciès grimaçant de Lino et sourit intérieurement.

— Arlène, c'est Lino. J'emmène votre homme au poste et je vous convoque à mon bureau demain matin, dix heures! Vous y serez, j'espère.

— Non, mais j'y serai après déjeuner, car auparavant je dois faire mon marché et ensuite aller chez le coiffeur. Bye, bye... et bonne nuit!

Elle raccroche avant que le soupir d'exaspération de Lino ne meurtrisse son tympan délicat.

Sur Côte-des-Neiges, Marcel Hérat enfile son capot de chat et suit sagement Lino. Avant de refermer la porte derrière lui, il lance à la rousse:

— Garde le champagne au frais, je ne devrais pas tarder!

❏

Maître Paul Hitain, toujours galant avec les dames, se lève et baise cérémonieusement la main d'Arlène. La barbiche et les tempes grises, la calvitie élégante, il dégage une noblesse prétorienne qui en impose. Lino Léomme est assis derrière son pupitre, les mains croisées sur un sous-main de cuir qui date visiblement de l'époque de Pax Plante. La pièce est exiguë et ses murs gris ne contribuent pas à l'égayer. Seule une photo dédicacée de Paolo Noël parvient à rompre la monotonie des lieux. Marcel Hérat,

assis la jambe croisée, lisse le pli de son pantalon en
regardant distraitement par la fenêtre la neige tomber sur
Montréal. Une vive impression de malaise alourdit l'atmosphère et le silence n'est interrompu que par la mastication de Lino qui n'arrête pas de puiser dans un pot de
peanuts Planters. Maître Paul Hitain se racle la gorge
puis, s'adressant à Arlène:

— Mon client, que je vous remercie en passant de
m'avoir refilé, chère amie, m'a raconté en détail les
récents événements, corroborés il faut le dire par le lieutenant Lino Léomme ici présent. Bref, il semble que vous
l'accusez d'avoir accompli deux horribles forfaits, c'est-
à-dire les meurtres d'une certaine Augusta Rantule, de
Saint-Léonard, et d'un certain Vladimir O'Bolan, de
Pointe-Claire, dans le West Island...

«Quel magistral résumé, se dit intérieurement Arlène,
on croirait entendre Richard Desmarais.»

— ... Il appert, continue Maître Paul Hitain, que les
deux victimes, par une coïncidence digne des meilleurs
romans d'imagination, possédaient toutes deux un billet
gagnant du dernier tirage de la loto 6/49. Il appert également que la police a trouvé sur les cadavres des objets
vous appartenant, soit un mouchoir de dentelle dans la
poche d'O'Bolan et une montre en or au poignet de la
femme Rantule. Vous me suivez, Arlène? N'hésitez pas à
m'interrompre si je me trompe.

— Ça va, cher maître, vous pouvez continuer.

— Bon, où en étais-je? Ah oui!... Suite à la découverte de ces indices, vous en êtes venue à la conclusion
que mon client Marcel Hérat, à qui vous auriez remis le
mouchoir lors d'un dîner élégant et qui, selon vous, aurait
dérobé votre montre à l'occasion du même dîner, ne pou-

vait être que le coupable. Acceptez-vous jusqu'ici la version des événements que m'a fournie le lieutenant Léomme?

— Tout à fait, Maître.

— Mais alors vous êtes tombée sur la tête, pauvre petite? Le surmenage vous fait sans doute divaguer; vous travaillez trop, Arlène, vous devriez prendre quelques jours de vacances. J'entends dire qu'on offre des forfaits à Margarita pour presque rien...

— Je me porte très bien au contraire, cher Paul, et je maintiens mon accusation.

— Dommage, soupire Maître Hitain, je devrai être le témoin navré de votre déconfiture, ravissante enfant. Car évidemment votre théorie ne peut résister une seconde à l'examen du cerveau même le plus borné. Comment voulez-vous, Arlène, si l'on se permet un instant l'hypothèse saugrenue de la culpabilité de monsieur Hérat, que ce dernier ait pu découvrir l'identité des gagnants avant que ceux-ci ne se manifestent, c'est-à-dire avant même qu'ils n'avisent la Régie des loteries de leur victoire? Vous conviendrez sûrement qu'on ne peut un instant soupçonner la probité des officiers de cette Régie, n'est-ce-pas?

— Évidemment, et j'admets volontiers que personne ne savait que les victimes possédaient le billet gagnant, même pas leurs proches.

— Donc vous me donnez raison Arlène. La seule façon pour Hérat d'en être informé, c'eût été si Rantule et O'Bolan lui avaient appris eux-mêmes leur chance. Mais pourquoi, grands dieux, ces personnes qui ne se connaissaient visiblement pas et qui ne connaissaient pas Hérat se seraient-elle empressées de l'en aviser? Bref, la coïncidence est incroyable, mais comme toutes les coïncidences

les plus abracadabrantes, elle existe. De plus, et en poursuivant toujours l'hypothèse, pourquoi Hérat aurait-il
assassiné ces pauvres innocents, sinon pour leur dérober
justement ces billets gagnants? Or ce n'est pas le cas.
Quant à supposer que mon client n'ait tué que pour vous
prouver son génie criminel, vous dépassez les bornes,
Arlène. Marcel Hérat est un brave citoyen qui, le lieutenant Léomme vous le confirmera, n'a aucun dossier judiciaire.

　　— C'est vrai, abonde Léomme en essuyant sa main
graisseuse sur le revers de son veston visiblement acheté
aux Habits Dorion.

　　Arlène lui jette un regard oblique, puis se tourne vers
Hitain.

　　— Que faites-vous de ma montre et de mon mouchoir, Maître? Ils ne se trouvaient sûrement pas là par
hasard, dit-elle.

　　Le brillant avocat veut répondre mais Marcel Hérat
ne lui en laisse pas la chance:

　　— Madame Supin, lors de notre dîner, ne m'a jamais
remis de mouchoir. Quant à sa montre, elle l'aura perdue
quelque part. À moins évidemment qu'elle ne soit elle-
même la meurtrière…

　　— Allons, Hérat, coupe sèchement Maître Paul
Hitain, Arlène, que je connais depuis des années, est au-
dessus de tout soupçon. Ne l'accusez point d'avoir réussi
ce que nous venons de conclure impossible. Je crois moi
aussi qu'Arlène a égaré ces objets et que le sort, aussi
étrange et bizarre soit-il, a voulu qu'ils se retrouvent sur
les victimes.

　　Le visage d'Arlène s'illumine d'un sourire étrange,
très jocondien.

— Dites-moi, Lino, dans quels établissements ont été achetés les fameux billets gagnants?

Le lieutenant s'essuie encore les mains, cette fois sur sa cravate, et se met à compulser un volumineux dossier.

— Voilà, finit-il par trouver: le billet d'Augusta Rantule a été acheté dans une tabagie des Galeries d'Anjou et celui d'O'Bolan... attendez que je trouve... euh, chez un dépanneur de Pointe-Claire.

La détective ouvre alors son sac, produit un mouchoir similaire à celui du drame et le tend à Marcel Hérat.

— Tenez, monsieur, épongez-vous!

— Mais pourquoi? demande Hérat.

— Parce qu'une sueur froide perle à votre front. Sans doute celle de la culpabilité.

— Je vais ouvrir la fenêtre, propose Léomme, c'est vrai qu'il fait chaud sans bon sens ici.

— Ne blâmez pas la température, Lino, dit Arlène en se levant. Si Marcel Hérat a chaud, c'est qu'il vient de constater l'erreur qu'il a commise. Vous savez bien, Hérat, que le crime parfait est rare et que si vous avez déjà réussi l'exploit, cette fois-ci vous êtes allé trop loin. Car j'ai tout compris et je vais maintenant tout vous expliquer.

Lino et Paul Hitain sont suspendus à ses lèvres. Sacrée Arlène, elle va encore leur servir une fulgurante démonstration de son génie. D'ailleurs la voilà qui se lève, droite, fière, sûre d'elle, vibrante, comme à chaque fois qu'elle s'apprête à confondre l'ennemi.

— Messieurs, dit-elle, notez bien ce que vient de nous apprendre mon ami Lino, à savoir les endroits précis où les billets gagnants ont été achetés: les Galeries d'Anjou et un dépanneur de Pointe-Claire. Ces renseignements vous ont été fournis par la Régie, cher lieutenant?

— Oui, comme vous le dites.

— Cela s'explique, remarque Maître Paul Hitain. Les Galeries d'Anjou ne sont pas loin de Saint-Léonard où habitait mademoiselle Rantule; quant au dépanneur de Pointe-Claire, c'est dans cette jolie ville de banlieue que vivait O'Bolan. Il est donc normal…

Arlène l'interrompt d'un geste.

— Avant de sauter aux conclusions, laissez-moi vous raconter ma matinée. Tout d'abord je suis allée faire mon marché au magasin Provigo où Augusta Rantule était caissière. J'y ai interrogé ses compagnes de travail. Elles m'ont toutes juré qu'Augusta n'achetait jamais de billets de loto, qu'elle refusait même de participer avec elles à l'achat collectif hebdomadaire de billets de 6/49. Elle prétendait que tenter le sort était immoral. Je crois qu'elle avait de profonds principes religieux.

— Sans doute, admet Léomme, ce qui explique le goût manifeste de son perroquet pour les cantiques…

— Par la suite je suis allée me faire coiffer.

— Et le résultat est ravissant, ne peut s'empêcher de souligner Paul Hitain qui a un *kick* sur la latiniste depuis des années

— J'ai choisi pour ce faire le salon du coiffeur Yvan Lamaiche, où travaille la petite amie d'O'Bolan. Au milieu de pleurs un tantinet crocodiliens, elle m'a avoué que Vladimir O'Bolan, contrairement à Augusta Rantule, était, lui, un joueur invétéré qui misait une véritable fortune chaque mercredi et samedi sur la 6/49. Elle ajouta un détail intéressant: il achetait toujours ses billets au même endroit, rue Sainte-Catherine Est, chez un tabagiste sis à proximité du salon où il déposait sa concubine chaque matin. Comment se fait-il alors que la pauvre Augusta, qui ne jouait jamais, possédait un billet de loto et que l'autre billet, retrouvé sur le cadavre d'O'Bolan, a été acheté à Pointe-Claire plutôt que sur la rue Sainte-Catherine, hein? Que pensez-vous de ça? Admettez que la conclusion s'impose d'elle-même!

— Ah! oui? se surprennent Lino et Hitain passablement confus.

— Mais l'évidence crève les yeux, mes chers amis. Oh, j'y ai mis du temps, mais j'y suis arrivée, avoue-t-elle humblement. Comme vous, je ne pouvais admettre que Marcel Hérat puisse connaître l'identité des gagnants et, le mystère demeurant entier, il fallait imaginer une autre avenue. La vérité, mes amis, c'est que Vladimir O'Bolan et Augusta Rantule n'ont jamais gagné à la loto et que les billets chanceux ont été placés sur leur cadavre, au même titre que mon mouchoir et ma montre, par ce vil Hérat ici présent.

— Quoi, s'étonne Hitain, mon client aurait volontairement nanti chacune de ses victimes d'un billet de 6/49 gagnant? Mais comment aurait-il pu se les procurer?

— Facile, dit Arlène rose d'émotion, parce que le vrai gagnant de la loto, c'est lui, Marcel Hérat!

— Vous êtes complètement cinglée, pauvre fille. Si j'avais gagné, j'aurais vite réclamé l'argent. On ne lève pas le nez sur des millions après tout, s'écrie Hérat blanc de stupeur.

Lino Léomme, lui, est complètement étouffé. Pas de peanuts, mais de rire.

— Voyons, Arlène, on peut admettre que Hérat soit l'un des gagnants, mais nous nous trouvons devant deux billets gagnants!

— Je vois où vous voulez en venir, Lino. Vous vous dites que Hérat ne peut être deux fois gagnant puisque personne n'est assez imbécile pour miser plus d'un dollar sur la même combinaison de numéros. En effet, si vous remplissez une ou plusieurs cartes, vous choisissez pour chaque série de cases un ensemble de chiffres différent. Mais dites-vous qu'Hérat, loin d'être imbécile, est surtout le personnage le plus vicieux que j'aie jamais rencontré. Premier grand criminel de sa génération, il joue sûrement depuis des années à la loto en achetant chaque semaine, chez des dépositaires différents, deux billets portant la même combinaison. Pourquoi, me direz-vous? Tout simplement dans l'espoir de gagner un jour et de pouvoir alors confondre la plus grande détective de la planète, si vous me permettez cet accroc à mon humilité. Il attend ce moment depuis des années et puis voilà, un beau jour il détient enfin le numéro gagnant, misé, je vous le répète, sur DEUX BILLETS DIFFÉRENTS! Que fait-il alors? Il manœuvre pour me rencontrer et m'annoncer qu'il va commettre le crime du siècle. Peu après il choisit au hasard deux pauvres victimes qui habitent les quartiers où il a misé, car il joue toujours dans des secteurs de l'île de Montréal suffisamment éloignés l'un de l'autre pour assurer le plausible des crimes. À Saint-Léonard, il avise cette malheureuse Augusta Rantule, la suit chez elle et lui tranche la gorge devant son perroquet ahuri. Il fait de même avec O'Bolan qu'il poignarde dans un garage désert. Il ne lui reste plus alors qu'à laisser les billets chanceux sur les victimes et voilà, le crime insoluble est commis. Imaginez l'orgueil de cet homme prêt non seulement à sacrifier des vies innocentes, mais aussi plus de deux millions seulement pour me confondre.

Hitain et Léomme applaudissent à tout rompre. Arlène ne les a pas déçus et encore une fois s'est surpassée. Hérat se lève, écarlate de rage.

— Prouvez ce que vous avancez, Arlène, réclame-t-il.

— Facile, Hérat. J'ai montré au concessionnaire voisin du studio de coiffure d'Yvan Lamaiche la photo de Vladimir O'Bolan qui accompagnait le rapport que m'a fourni Lino. Il a reconnu O'Bolan et m'a affirmé que celui-ci avait acheté à son établissement ses billets — non gagnants — du tirage tragique. Votre erreur, Hérat, c'est de ne pas avoir prévu que l'une de vos victimes ne jouait jamais à la loto et que l'autre achetait toujours ses billets au même endroit.

— Bravo, Arlène, s'écrie Lino. Quant à vous, Hérat, venez que je vous passe les menottes.

❏

Maître Paul Hitain a tenu à raccompagner Arlène dans sa Jaguar moutarde. Il lui ouvre galamment la portière puis s'installe au volant. Il embraye la première en profitant évidemment de l'occasion pour frôler le genou de la superbe latiniste.

— Vous fûtes brillante, belle amie, votre démonstration basée uniquement sur la déduction m'a littéralement sidéré. Mais dites-moi, quel a été le point précis de l'affaire qui a fait jaillir en vous cet éclair de génie?

— Ça crevait les yeux, mon bon Paul. Il ne pouvait s'agir que d'un seul gagnant!

— Mais pourquoi donc?

— Question de probabilité, tout simplement. Il était mathématiquement impossible que, s'il y avait eu deux gagnants, l'un d'eux au moins ne soit pas de l'Ontario!

Sur ce, Maître Paul Hitain passe en deuxième vitesse, ce qui libère enfin le genou d'Arlène et lui permet de rabaisser sa jupe.

Bon cheik
bon genre

Pour skier à Val d'Isère, il ne faut pas avoir les deux pieds dans la même bottine, et la charmante Arlène Supin doit s'arrêter pour reprendre son souffle et essuyer ses lunettes que la brume neigeuse soulevée par son savant slalom embue sérieusement. Elle en profite pour admirer le grandiose paysage des Alpes sublimé par un soleil radieux. C'est juste au moment où elle retire ses mitaines afin de développer une nouvelle Dentyne que la «chose» tombe du ciel. Elle a même senti le déplacement de l'air suscité par sa chute, ce qui en prouve l'extrême proximité. À ses pieds, la neige s'est effondrée sous le choc, mais recouvre encore l'objet qui demeure invisible. La détective lève les yeux au firmament. Un avion a peut-être laissé malencontreusement tomber une charge, on ne sait jamais? Elle n'aperçoit que la cabine du téléférique qui amène les skieurs vers le sommet. D'ailleurs ceux-ci gesticulent à tout va et l'un d'eux, à moitié défenestré, crie à s'en péter les cordes vocales. Mais Arlène est trop éloignée pour comprendre ce qu'il dit. Visiblement, ils ont été témoins de l'incident et Arlène fait signe que tout va bien.

Puis elle se met à fouiller le sol avec ses bâtons. Sa manœuvre ne réussit qu'à faire glisser plusieurs mètres cubes de neige et à dégager une immense crevasse. Elle recule épouvantée. Il s'en est fallu de peu pour qu'elle soit emportée par la mini-avalanche. Elle se tourne vers le haut de la piste...

— Mais que fait-il donc? s'impatiente-t-elle. Ah, le voilà!

En effet, ce ne peut être que lui avec ses pantalons incarnat, son anorak en peau de girafe, son foulard en laine du pays et son casque colonial. Il stoppe à côté d'Arlène dans un nuage de neige qui à CKAC susciterait une alerte météorologique.

— Mais où étiez-vous donc, Simon?

— J'étais parti à la recherche d'un ski qu'une accorte ménagère de Stuttgart a perdu suite à un virage intempestif... Mais dites-donc, madame Arlène, vous l'avez échappé belle. Je vous avais prévenue, rien n'est plus traître que les pistes alpines qui peuvent vous engloutir sans prévenir.

— Vous avez une corde, Simon?

— Une corde! Pourquoi?

Arlène se met à lui raconter l'incident qui vient de survenir, cette chute d'un objet qui visiblement doit se trouver au fond de la crevasse. Simon fait glisser la fermeture éclair de son anorak. Une forte corde est enroulée autour de sa poitrine.

— Je respecte toujours la montagne, explique-t-il, surtout depuis que j'ai grimpé l'Annapurna. D'ailleurs, vous ai-je dit que j'y ai retrouvé le gant que Maurice Herzog avait perdu, jadis?

Ça y est, le voilà parti, il se prend pour Hillary ou le sherpa Tensing maintenant, sourit Arlène, que la mythomanie de son majordome réjouit au plus haut point.

— Donnez-moi cette corde, Simon, je vais aller voir ce qui est tombé au fond de cette crevasse.

— Vous voulez rire, madame Arlène, c'est une entreprise bien trop dangereuse .

Arlène regarde Simon d'un œil péremptoire:

— Pensez-vous une seconde, Simon, que moi Arlène Supin, curieuse sans bon sens comme je suis, je n'irai pas voir ce qui est tantôt tombé du ciel?

— Je n'oserais même pas supposer le contraire, soupire Moine en déroulant la corde.

Il aide Arlène à l'attacher soigneusement à leurs quatre bâtons réunis solidement plantés dans la neige.

— N'ayez crainte, rassure Simon, qui en plus a passé le filin autour de ses épaules, n'oubliez pas que j'ai gagné le championnat texan de souque à la corde à Laredo.

Mais Arlène ne l'écoute pas, elle s'est déjà précipitée dans la crevasse et se laisse glisser le long de la paroi glacée. Pourvu que la corde soit assez longue, espère-t-elle.

— Laissez-moi vous souhaiter la bienvenue, jolie salvatrice, prononce une voix qui semble venir des profondeurs.

Arlène manque presque d'échapper la corde de stupéfaction. En quelques sauts la voilà rendue au fond de la crevasse. Elle se retourne: un homme d'une quarantaine d'année et d'une couple de cent kilos, en tenue de skieur, est plié en deux.

— Mes hommages, chère madame, dit-il avec une obséquiosité toute maghrébine. Je me présente: cheik Abdel Hikhat Hessein, ambassadeur du Rouspéthan occidental auprès de la cour du roi Boncheik Bonghanr. C'est sûrement Allah qui vous envoie!

Simon Moine sent la secousse de la corde. Voilà le signal convenu et il se met à tirer de toutes ses forces. Comment Arlène si svelte peut-elle être subitement si lourde?. Il manque de s'évanouir en voyant surgir du gouffre un immense et bedonnant Arabe. L'homme prend pied sur la neige durcie, retire ses mitaines et tend ses phalanges boudinées à la dextre de Moine.

— Cheik Abdel Hikhat Hessein, se représente-t-il. Je crois utile de vous aviser qu'une jolie femme demeure enfouie dans cette fosse et qu'il lui serait sans doute agréable que vous la rameniez à la surface.

Rouge de confusion, Simon Moine remonte Arlène à la vitesse de l'éclair. La détective semble réjouie de revoir le soleil. Simon, qui n'a pas encore réussi à émettre une parole tant il est estomaqué, finit par lui demander, en pointant vers la crevasse:

— Il y en a encore beaucoup comme ça?

— Rassurez-vous, cher Simon, je suis la dernière... Heureusement que je passais par hasard, sinon monsieur Hikhat Hessein serait mort de froid.

— Allah est bien bon, chère madame, de vous avoir mise sur ma route. Vous m'avez sauvé la vie et je vous dois une reconnaissance éternelle. Votre désormais obligé, je suis prêt à tout vous accorder. Que puis-je faire pour vous remercier? Tenez, voulez-vous mon appartement de trente pièces de Fifth Avenue? Non, ce n'est pas suffisant. Ah, j'ai trouvé! Que diriez-vous de mon yacht de 150 mètres ancré au large de Portofino, hein? Allons, n'hésitez pas, vous pouvez tout me demander.

— Je ne vous demanderai qu'une chose, cher cheik: Que foutiez-vous dans cette crevasse? Bref, d'où arrivez-vous?

L'ambassadeur du Rouspéthan se rembrunit. Une incisive très légèrement cariée se manifeste sous sa lèvre supérieure.

— Je suis tombé de ce téléférique, oui, de cette cabine là-bas, qui arrive d'ailleurs au sommet de la montagne.

— Mon doux Seigneur, comment ce malencontreux accident a-t-il pu se produire, demande Arlène médusée au plus haut point.

— On m'a poussé, chère madame. Cette chute n'est pas accidentelle: je viens d'être victime d'un attentat!

— D'un attentat? se surprennent à l'unisson Arlène et Simon.

— Oui, il y avait à bord un chien de terroriste qui a profité du fait que j'avais ouvert une fenêtre de la cabine pour me précipiter dans le vide. Si je retrouve ce forban, il lui en cuira. Du moins je le ferai cuire à petit feu dans de la graisse aussi rance que bouillante, puis le donnerai en pâture aux chacals. Je l'aurai auparavant fait découper en fines lanières afin que ces braves bêtes ne s'étouffassent point.

Un assourdissant chuintement d'hélicoptère l'interrompt. On n'a pas perdu de temps là-haut, et les passagers du téléférique ont dû avertir le préposé qui a sans doute téléphoné à la gendarmerie de Val d'Isère. Dans les Alpes françaises, les secours ne sont jamais longs à arriver.

— Allez, dit Arlène, sautez dans cet hélicoptère, mon ami Simon et moi rentrerons à ski.

— À une seule condition, chers amis sauveteurs, c'est que vous dîniez chez moi ce soir. Je suis à la villa

Mont Repeau, sise au pied de la montagne du même nom, vous trouverez facilement. Je vous attends à huit heures.

Et il saute dans l'hélicoptère qui fait du sur-place à quelques mètres et dont les pales soulèvent un simoun de neige folle. L'oiseau s'envole et Arlène et Simon le regardent un instant filer vers le soleil avant de récupérer leurs bâtons et de filer, eux, vers leur hôtel.

❑

La villa Mont Repeau n'est pas en effet très loin de Val d'Isère et le taxi affrété par Arlène arrive à sa grille à l'heure convenue. Un gardien légèrement plus menaçant qu'un pitbull fait signe d'arrêter. Le chauffeur obtempère, sachant fort bien qu'il y va de sa survie. Contrarié, Simon Moine baisse la glace de la portière et lance:

— Que se passe-t-il mon ami?

— Le cheik Abdel Hikhat Hessein donne ce soir une réception très privée et je me dois d'exiger votre bristol.

— Le cheik nous a invités verbalement, commence à expliquer Arlène...

— Non mais, ça va pas, immense et ombrageux personnage? Ne me reconnaissez-vous pas? ajoute Simon le sourcil furieux, je suis Nicéphore Mitterrand, cousin de l'autre et maire de Bézon-les-Gonzez. Allons, dégagez, et que ça saute!

Le cerbère semble fort perturbé, hésite un instant puis choisit carrément l'intérêt supérieur de la nation en laissant passer messieurs-dames. Le taxi négocie noblement la longue allée bordée de sapins enneigés et s'arrête devant une villa qui réduit le Taj-Mahal au rang de bicoque délabrée. Le chauffeur descend vivement de voiture et vient ouvrir la portière toute grande. Simon règle la course, consentant du bout des doigts un pourboire dérisoire. Contrairement à son habitude en un tel cas, au lieu de le traiter de sale radin, le chauffeur lui demande plutôt son autographe.

— C'est pour ma femme, explique-t-il, elle collectionne les signatures de tous ceux qui font *Paris-Match*.

Simon griffonne le papier tendu par le brave homme puis donne son bras à Arlène. Ils disparaissent derrière le portail de chêne ouvert par un laquais qui ressemble étrangement à Brian Mulroney.

— Merde, je me suis fait avoir! constate le chauffeur en lisant la griffe de Simon, qui a signé: «Michel Drucker».

Arlène, comme toujours, est éblouissante de beauté dans sa robe Armani décolletée bien au-delà du nombril et fendue latéralement des orteils à l'aisselle.

— Ah, belle fée des neiges, vous voilà, l'accueille Hikhat Hessein les bras au ciel comme feu De Gaulle. Mais veuillez, je vous prie, me présenter ce monsieur qui vous accompagne et dont j'ai oublié, dans l'émoi de cet après-midi, de demander l'identité.

— Général Alvarez Sorraboudin, se présente Simon en claquant des talons, ambassadeur d'Argentine au Liechtenstein et danseur de tango dans le civil.

Arlène lui lance un œil qui en dit aussi long que la muraille de Chine. Hikhat Hessein, lui, semble ravi de l'honneur.

— J'ai réuni quelques amis et sûrement quelques ennemis puisque tous ceux qui m'accompagnaient dans la cabine du téléférique sont présents ce soir... Savez-vous garder un secret?

— Évidemment, le rassure Arlène, pourquoi?

— Parce que parmi mes invités se trouve le célèbre détective britannique Randolph Hactif, dont le flair est légendaire. En vacances à Val d'Isère, il a aimablement accepté de m'aider à découvrir l'identité du ou des coupables. Mais attention, il a exigé l'incognito pour mieux manœuvrer, aussi vous prierai-je de ne le point trahir.

— Quel alias assume-t-il donc? demande Arlène en tapant un clin d'œil à Simon.

— Il agira en tant que maître d'hôtel-sommelier!

— Un sommelier anglais? Quelle drôle d'idée! ricane Simon.

Arlène se fait un devoir de remarquer que les Britanniques sont d'excellents vinophiles et que les brumes anglaises avivent plutôt leur goût pour le soleil en bouteille. Simon soupire de résignation.

— En parlant de vin, je prendrais bien un whisky, dit-il.

— Mais vous avez raison, où ai-je donc la tête, reconnaît le cheik. Venez, passons au bar.

Et il donne le bras à Arlène et la conduit vers un vaste salon richement meublé. L'alcool semble y couler à flots car le ton des conversations est déjà au zénith.

— Mes amis, hurle Hessein pour se faire comprendre, laissez-moi vous présenter ma superbe salvatrice, celle qui m'a repêché d'une situation fort malencontreuse...

Un silence admiratif accueille ses paroles, et tout le monde demeure bouche bée devant l'incomparable beauté de la divine latiniste. Simon en profite pour cueillir une olive farcie dans un plateau d'argent posé sur un Steinway frais ciré.

— ...eh oui, mes amis, voici celle qui m'a sauvé des griffes du froid éternel, j'ai nommé... heu... Diantre, chère madame, autant avais-je oublié de m'enquérir de l'identité du général Sorraboudin, autant ai-je manqué de la plus élémentaire courtoisie en oubliant de vous demander votre nom.

Arlène sourit.

— Cher cheik, notre rencontre était en effet peu propice aux civilités et je vous pardonne. Bref, je me présente: je suis Arlène Supin.

Le silence de stupéfaction n'est rompu que par la chute du plateau chargé de coupes de Mumm Cordon rouge que laisse tomber le maître d'hôtel-sommelier.

— Qu'est-ce à dire, chers amis? demande le cheik. Vous semblez tous épatés en apprenant l'identité de madame, serait-elle célèbre?

Un vaste et sonore assentiment lui répond. Abdel Hikhat Hessein réclame immédiatement une explication. Un ministre dont le revers est décoré de la Légion d'honneur et d'une tache de moutarde s'empresse de le renseigner.

— Mon cher cheik, Arlène Supin est la plus talentueuse détective de sa génération. C'est aussi une latiniste fort distinguée dont les savants ouvrages meublent de vastes rayons des meilleures bibliothèques universitaires.

— Par Allah! je voyage trop peu, s'excuse Hikhat Hessein, j'ignore encore beaucoup de choses du monde occidental. Vous m'excuserez, chère madame.

— Appelez-moi Arlène, implore la détective rose de modestie.

— Volontiers, Arlène, mais à condition que vous m'appeliez Abdel, rétorque le cheik en la déshabillant du regard.

Il en a profité pour s'approcher d'elle et lui chuchote à l'oreille:

— Si vous êtes la grande détective que l'on dit, me ferez-vous l'honneur de m'aider à découvrir le ou les auteurs du sinistre complot ourdi contre moi cet après-midi? Avec l'aide du célèbre Hactif, vous saurez sûrement confondre le coupable.

— Avec joie, cher Abdel, mais à une condition, c'est que vous cessiez sur-le-champ de me tripoter la poitrine d'une main et les fesses de l'autre. Faites-moi plutôt rencontrer chacun de vos invités, cela amorcera l'enquête.

Abdel quitte à regret la sculpturale anatomie d'Arlène et l'entraîne vers le ministre qui, vautré dans un divan, fait une cour empressée à une blonde aussi évaporée qu'un flacon d'éther débouché depuis la guerre de 14.

— Monsieur le ministre, susurre Abdel, courbé jusqu'à la pointe de ses souliers pointus, permettez-moi de vous abandonner celle que vous me vantiez tantôt. Arlène, voici le ministre de l'Épanouissement socio-culturel, mon ami René de Grescault.

Le ministre se lève, se met au garde-à-vous et s'empresse d'effleurer la main droite d'Arlène d'une moustache frémissante. Il se retourne ensuite vers la blonde et l'enjoint aussi sec de déguerpir.

— Quel honneur, dit-il, de connaître enfin celle dont on porte aux nues le génie policier. Mais veuillez vous asseoir, chère madame, ce divan est moelleux à souhait.

Arlène obtempère en soupirant. Ce qu'il faut donc subir pour apprendre la vérité et confondre les criminels!

Le ministre n'hésite pas une seconde, s'assoit à ses côtés et pose sa main sur le genou de la latiniste et ses yeux dans les siens.

— J'envie le cheik, chère Arlène Supin. Comme j'aimerais être sauvé par une aussi ravissante créature... Vous savez que le Tout-Val d'Isère parle de votre exploit?

— Je n'en doute pas une seconde, monsieur le ministre, mais dites-moi, comme vous étiez présent dans la cabine tragique, vous avez sans doute une version des événements qui peut aider l'enquête?

— Hélas, chère enfant à la cuisse décidément veloutée, comme tout le monde je regardais le deltaplaniste.

— Pardon?

— Oui, un audacieux jeune homme faisait du deltaplane d'un pic à l'autre. Le spectacle était fascinant et en plus fort joli, avec les Alpes comme toile de fond...

— Auriez-vous, monsieur de Grescault, l'amabilité de, premièrement, cesser de caresser mon genou et, deuxièmement, me narrer les faits avec la plus rigoureuse chronologie possible?

Déçu, le ministre se rembrunit une seconde puis se fait une raison, déjà consolé par l'occasion qui lui est donnée de discourir. On sent chez lui la passion du tribun.

— Voilà, commence-t-il, comme vous le savez sans doute, le cheik Abdel Hikhat Hessein, en voyage officiel en France pour discuter entre autres de ventes de pétrole et d'achats d'armes, a voulu prendre quelques jours de vacances dans les Alpes. Assez bon skieur, il désirait affiner son style auprès d'un moniteur de classe. Nous lui avons donc conseillé Val d'Isère dont l'école de ski jouit d'une réputation qui dépasse de loin les frontières de

l'Hexagone, puis lui avons adjoint Timothée Gévey, notre
meilleur as, celui qui dévale les pistes à la vitesse de
l'éclair et qu'on surnomme l'express de 8 heures 47.
Voyez, il est là-bas, debout près du buffet.

— Celui en smoking et baskets Reebok qui bouffe
des canapés comme s'il n'avait pas mangé depuis les
Olympiques? veut savoir Arlène.

— Oui, justement.

— Il vous accompagnait dans la cabine?

— Évidemment. Après quelques leçons matinales,
Gévey jugeait que le cheik était prêt à skier du haut de la
montagne.

— Quels étaient les autres passagers du téléférique?

René de Grescault fronce les sourcils, en proie à une
profonde réflexion. Arlène en profite pour accepter le
verre de champagne que lui propose le sommelier Randolph Hactif. Elle le remercie d'un sourire auquel il
répond par un clin d'œil complice.

— Dès que vous le pourrez, venez me rejoindre à la
cuisine, dit-il entre ses dents.

Arlène lui rend son clin d'œil en signe d'acquies-
cement puis se retourne vers le ministre, qui plonge à
pleines mains dans le plat de crevettes que lui présente
une soubrette à la poitrine pigeonnante. Il n'hésite pas
ensuite à poursuivre sa narration des faits, la bouche
pleine.

— Outre le cheik, Timothée Gévey et moi, il y avait
également les deux frères Abd-Hollalah, gardes du corps
de l'ambassadeur du Rouspéthan.

— Je suppose que ce sont ces deux armoires à glace
moustachues, là près de la cheminée, ceux qui se curent
les dents avec un bel unisson.

— Oui, ceux-là mêmes! Leur allure est redoutable, n'est-ce-pas? Je pense qu'il serait malséant de s'y frotter.

— Vous n'étiez que cinq, donc, dans la cabine.

— Non, il y avait aussi Gustave Hallanche, celui qui, les mains dans le dos, admire de près le tableau de Manet près du buffet Henri IV.

— Ce vieux monsieur tout courbé dont la barbe blanche ressemble à celle de Victor Hugo?

— Oui, mais ne vous y trompez pas. Hallanche est agent de la paix à Val d'Isère depuis plus de cinquante ans. Ce vieux Savoyard est un homme de la montagne, un rude gaillard aux biceps aussi noueux qu'un cep de vigne de Savoie et doué d'une force insoupçonnée. On lui a confié la mission de protéger le cheik pendant son séjour à Val d'Isère, mais comme vous avez pu le constater il a failli à sa tâche. Cet intérêt marqué pour l'œuvre de l'auteur du *Déjeuner sur l'herbe* n'est qu'une apparence. Pour moi, ce brave Hallanche rumine en silence son désarroi.

— C'est tout?

— Non, il reste le dernier, Bernard Carpette, propriétaire de cette somptueuse villa où nous sommes, un industriel puissant dont le cheik est l'invité pendant son séjour en France.

— Vous pouvez me le montrer?

— Hélas, il n'est pas dans cette pièce. Sans doute se trouve-t-il dans son bureau, téléphonant à Londres, New York ou São Paulo pour ses affaires. C'est un bourreau de travail qui n'arrête jamais. Nous le verrons sans doute apparaître bientôt, je me ferai alors un plaisir de vous le présenter.

Arlène a tout noté dans sa remarquable mémoire. Elle veut tout de même savoir la suite de l'histoire.

— Dites-moi, monsieur le ministre, qu'est-ce que cet incident du deltaplane?

— Bof, peu de chose, en somme mais qui nous a tous distraits et par conséquent empêchés d'être témoins de la chute de ce pauvre Hessein. C'est je crois l'un des frères Abd-Hollalah qui l'a aperçu le premier et a attiré notre attention. Le vol d'un deltaplane est toujours captivant et nous nous sommes tous précipités à bâbord pour mieux voir les prouesses du sportif. Car il était très fort, manœuvrait son ingénieux appareil avec une éblouissante dextérité, bref nous jouissions d'un fort joli spectacle.

— Spectacle qui ne semblait pas intéresser le cheik outre mesure puisqu'il est tombé de tribord!

— En effet, mais j'ignore comment l'accident s'est produit car mes yeux étaient rivés sur le vol du delta.

— Vous dites «accident» alors qu'Abdel prétend avoir été précipité dans le vide.

Le ministre se rapproche d'Arlène, en profite pour agglutiner sa jambe et celle de la jeune femme et dit à voix basse:

— Je crois que ce pauvre Hessein fabule. Il voit des complots partout, mais on doit le comprendre, compte tenu de tous les événements tragiques du Moyen-Orient. Je pense qu'il est tout simplement tombé. Je l'avais vu abaisser la glace quelques minutes auparavant sous prétexte qu'il manquait d'air. Il avoua même être claustrophobe.

Arlène décolle sa jambe de celle de René de Grescault et demeure pensive un instant. L'affaire sera difficile à résoudre, car il faudra trouver le mobile du coupable et vérifier l'alibi de chacun des passagers du téléférique. Le ministre, opiniâtre, s'est déjà réagglutiné et la voilà renfoncée dans le coussin comme un astronaute dans son siège au départ d'une fusée spatiale. Elle n'en demande pas moins:

— Qui s'est aperçu le premier de la chute d'Hikhat Hessein?

— Nous avons dû la constater tous en même temps, ce pauvre Abdel a poussé en tombant un cri épouvantable qui d'ailleurs aurait pu causer une fantastique avalanche. Nous nous sommes tous précipités à la fenêtre de tribord et c'est là que nous vous avons vue. Nous vous avons alors crié notre émoi, mais vous n'avez pas paru nous entendre. Il faut dire que la cabine s'éloignait de plus en plus, poursuivant inexorablement sa course vers le sommet de la montagne.

— Qu'avez vous fait rendus là-haut?

— Dès l'accident, Gustave Hallanche a aussitôt averti la gendarmerie à l'aide du talkie-walkie qui ne le quitte jamais.

— Walkie-talkie!

— Plaît-il?

— On dit «walkie-talkie»! Vous me tombez sur les nerfs, vous les Français, avec votre talkie-walkie!

La soudaine aggressivité d'Arlène surprend quelque peu le ministre, mais il consent à poursuivre sa réponse:

— Rendus au sommet, nous avons immédiatement avisé le machiniste en service que nous voulions redescendre aussitôt, trop anxieux de connaître le sort de ce malheureux Hessein. Je vous ferai remarquer que la gendarmerie française n'a pas perdu son temps et que lorsque nous sommes repassés au-dessus de vous, l'hélicoptère de sauvetage s'affairait déjà à embarquer l'ambassadeur du Rouspéthan. D'ailleurs j'ai déjà appelé Paris pour qu'on

confère la Légion d'honneur à la valeureuse équipe de
sauveteurs. Dommage que vous ne soyez pas française,
chère amie, sinon je me réjouirais d'épingler la rosette à
votre poitrine. Que voulez-vous, il faut plus que ce genre
d'exploit pour qu'un étranger la mérite, et ce serait tomber dans la politique.

— Ne vous en faites pas, monsieur le ministre, je l'ai
déjà!

— Quoi? La Légion d'honneur?

— Oui. Je l'ai méritée pour services extraordinaires
dont je dois taire les détails à la demande même de votre
ancien Président de la République*.

— Mais vous ne la portez donc pas?

— Quoi?

— La rosette!

— Si, toujours, mais comme j'ai horreur de l'ostentation je n'ai pas voulu ce soir la faire remarquer sur cette
robe. Bref, à défaut d'autre vêtement je dois me résigner à
la porter sur ma petite culotte.

Ce détail rend René de Grescault totalement apoplec-
tique et la sueur perle abondamment à son front. Il se rue
sur Arlène, en proie à une libido forcenée. La détective
hésite un instant entre le cri d'épouvante peu protocolaire
et le coup de judo plus discret. Elle n'a pas à choisir
puisqu'une voix aussi profonde que charmeuse intervient.

— Monsieur le ministre, quelle joie de vous voir ici
ce soir, surtout en si charmante compagnie. J'espère que
vous me ferez le plaisir de me présenter cette délicieuse
jeune femme.

---

* Lire: *Valérie et le clandestin,* une aventure d'Arlène Supin.

Pris au dépourvu, De Grescault se lève d'un bond. Cachant mal son dépit, il annonce froidement:

— Arlène Supin, voici mon vieil ami Bernard Carpette!

Ce dernier est grand, élégant et d'une fatuité exécrable. On sent l'homme d'action performant qui se croit arrivé alors qu'il n'est que parvenu. Ses yeux veloutés scrutent ceux d'Arlène et son sourire laisse deviner ses intentions. Pour lui l'affaire est déjà dans le sac: il s'enverra cette jolie blonde avant la fin de la soirée. Car comment pourrait-elle lui résister, lui si connu, si envié, si séduisant! Les nanas lui tombent dans les bras comme s'il en pleuvait, alors hein, celle-là comme les autres. Il admet que c'est un morceau de choix et il s'en pourlèche déjà les babines. Il lui jouera le grand jeu sur la couverture de vison de son lit *king size*. Il allumera même les projecteurs en direction du champ de bataille, façon de mieux profiter du spectacle réfléchi par le miroir du plafond. Il lui consentira peut-être une «troussée mongole fière», mais à condition qu'elle exécute un «osso bucco linguine» du meilleur cru. Bref, c'est du tout cuit!

Arlène lui offre une main aussi frétillante qu'un poisson mort et une moue qui en dit long sur ce qu'elle pense de lui, puis elle se lève.

— Vous m'excuserez, messieurs, mais je dois aller me refaire une beauté.

Et elle quitte les deux hommes totalement désemparés.

Croire même un court instant qu'Arlène vient de dire la vérité serait de la part du lecteur un signe impardonnable de naïveté. Arlène Supin ne se refait jamais une beauté, puisqu'elle est constamment divine. Elle est inaltérable et constante, même au saut du lit, après un sommeil aussi profond que celui procuré par la lecture d'une page de Barthes. Nous la retrouvons donc dans l'office, près de la cuisine, où elle est allée retrouver Randolph Hactif qui débouche avec soin une douzaine de Vosne-Romanée. Le super-flic de Scotland Yard est long et maigre comme tous les Anglais qui ne sont pas courts et gras. Son abondante chevelure rousse contraste avec sa moustache aussi noire que l'intérieur du tuyau de votre poêle à combustion lente. Une cicatrice en forme de spirochète décore sa joue gauche, signe d'une carrière policière mouvementée. Ses yeux d'un bleu cyanure fixent avec admiration le doux regard d'Arlène.

— By Jove, chère madame, c'est honneur à moi de rencontrer enfin vous. J'ai lu tous vos marvelous books avec un joy splendid...

— Mais l'honneur est pour moi, cher confrère. Vos légendaires exploits ne cessent de m'émerveiller. La façon géniale dont vous avez appréhendé Raymonda Sivhik, la sinistre passionaria du «gang des tractions à vent» m'a tout simplement éblouie.

Randolph Hactif rougit de confusion, ce qui semble noircir davantage sa moustache.

— Do not exagérer, chère miss Supine, j'avais pour me helper des assistants very good...

Arlène, qui n'en peut plus, se permet de l'interrompre.

— Si vous n'y voyez pas d'inconvénient, cher Randolph, j'aimerais que vous cessiez immédiatement ce charabia linguistique qui ajoute peut-être à la couleur locale, mais qui emmerde sérieusement mes lecteurs et complique singulièrement la tâche de mon ami Jean Daunais, l'auteur de cet aimable ouvrage.

— Vos désirs sont des ordres, belle enfant, et j'abonde en adoptant illico la langue qu'ont si brillamment illustrée Molière, Voltaire, Chateaubriand et Balzac et que maintiennent avec tant d'élégance nos deux Bernard, Pivot et Derome! Ceci dit, que pensez-vous de l'affaire qui nous concerne? Croyez-vous à la version de l'attentat?

— Je n'ai aucune raison d'en douter. Pourquoi Abdel Hikhat Hessein inventerait-il cette histoire? Pour faire la une de *Paris-Match?* Pour avoir sa photo dans *Le Figaro Magazine?*

— Tout est possible, Arlène.

— J'en conviens, mais admettez que ce caprice aurait de lourdes conséquences politiques. L'émissaire du roi Boncheik Bonghanr ne peut sûrement pas se permettre des frasques de carabin alors qu'il est en mission officielle en France, il y va de l'honneur du Rouspéthan occidental.

Randolph Hactif verse un peu de Vosne-Romanée dans une coupelle de taste-vin qu'il porte aussitôt à ses lèvres. Après une vigoureuse mastication, il déclare le divin bourgogne digne d'être consommé et somme une nuée de garçons de l'aller servir. Il s'est gardé quelques bouteilles et s'empresse d'emplir deux magnifiques verres en cristal de Daum. Il tend le premier à la détective qui semble ravie de l'offrande.

— Vous avez sans doute raison, jeune consœur, et nous devons donc nous lancer sur la piste du ou des forbans. La tâche sera rude mais facilitée tout de même par le nombre restreint des coupables plausibles.

— Comment cela? dit Arlène qui déguste à petites gorgées.

— Ben voyons, puisque l'auteur du forfait se trouvait dans la cabine tragique et que celle-ci n'était occupée, si on fait abstraction d'Abdel, que par six autres personnes, le coupable est donc l'un de ces six passagers.

— En effet, acquiesce Arlène en acceptant un second verre de Vosne-Romanée. Il s'agit donc d'interroger cette demi-douzaine d'individus et d'examiner soigneusement leur version des faits. Je suggère que nous nous partagions le travail en enquêtant chacun de notre côté.

— Riche idée, Arlène, approuve Hactif en vidant son troisième verre d'un trait et en débouchant une autre bouteille. Si vous voulez, j'enquêterai du côté des frères Abd-Hollalah et de Bernard Carpette. Je vous laisse le ministre de Grescault, Timothée Gévey et Gustave Hallanche.

— Vous n'oseriez tout de même pas soupçonner ce sympathique policier savoyard...

— Ma petite, il n'y a pas d'innocent, il n'y a que des coupables en puissance. Bref, il ne faut rien négliger.

— Vous avez bien raison, excellent confrère, admet Arlène dont les joues commencent à être enflammées par son quatrième verre de vin, et je vais de ce pas commencer mon enquête auprès de Timothée Gévey, cet athlète qu'on dit le plus rapide au monde.

Le buffet est somptueux: les plats d'argent regorgent de caviar Romanoff, les olives de Gaète roulent sur la nappe, le saumon fumé abonde au point de déclencher les détecteurs du plafond et les canapés sont tellement tentants qu'on a le goût de s'asseoir dessus. Arlène a bien manœuvré et la voilà aux côtés de Timothée Gévey, dont le fort appétit se manifeste éloquemment. Il charge son assiette de tout ce qui lui tombe sous la main: cre-

vettes de Louisiane, cuisses de poulet de Bresse, céleri-
rave, compote de rutabaga, moutarde de Montaulnay,
jambon pressé, agneau qui a tout son temps, cervelas
lyonnais, pommes de Rougemont, sirop d'érable de
Saint-Jacques de Montcalm, fraises des bois de Boulogne
et deVincennes, cassoulet de Castelnaudary, whippets de
Viau, ananas de Maui, Diet-Coke, vol-au-vent à la dinde,
maïs du Kansas, camembert d'Isigny, Velveeta de Provigo, peanuts Planters, noix de Khokau, salsifis monégasque, V-8, patates du Nouveau-Brunswick, bouchées à
l'arène, sanglier cacciatore, sous-marins à la Mike,
tommes de Savoie, poires belles et laine, crème à glace
trois couleurs, magrets de canard au citron du Maroc, oie
blanche, thon Star-Kist, gratin dauphinois, oreilles de
Christ, pizza all-dressed, quiche Lorraine et Bois-des-
Filions, tire Sainte-Catherine, barres Mars, spaghetti car-
bonara, doigts de dames, wiener schnitzel, le tout cou-
ronné d'un prodigieux banana split aromatisé au
kummel. Arlène se contente d'une branche de persil et
suit Gévey vers le solide guéridon où il a déposé son
casse-croûte.

— Vous permettez, cher monsieur Gévey?

Le grand skieur se retourne, soudainement ébloui.

— Nom de Dieu, la belle nana! Mais combien que je
permets! Tiens, pose ton assiette là et ton joli cul près de
moi que je te cause dans le blanc des yeux.

On sent qu'il est jeune. Arlène reconnaît la décontrac-
tion du Français nouveau qui tient à tout prix à effacer
l'image compassée du Français classique. Comme pour le
Coca-Cola, elle préférerait ce dernier, mais il faut s'y
faire. L'urbanité, le savoir-vivre grand siècle, c'est vraiment terminé.

Timothée Gévey pose ses vastes Reebok sur la table à café et son bras autour des épaules nues de la belle détective.

— Et alors, ma poule, ça va?

Arlène aimerait mieux causer avec un caïman de Normale Sup', mais elle n'a vraiment pas le choix. Et puis le vin l'a fortement émoustillée et ce puissant sportif possède malgré tout un charme qui, s'il ne titille pas tellement son cerveau, émeut sérieusement sa Légion d'honneur. Bref, elle ne détesterait pas qu'il lui fasse un vigoureux slalom spécial. Elle croise négligemment la jambe, ce qui fait fuir la vaste majorité de sa robe sur le divan. Gévey s'étouffe net au milieu d'une gorgée de Veuve Cliquot.

— Nom de Dieu de bordel de merde! finit-il par émettre, la voix aussi rauque que celle de feu François Mauriac.

La latiniste profite de son émoi pour lui poser la question qui lui brûle les lèvres:

— J'entends que vous fûtes témoin du drame téléfériquois de cet après-midi? Racontez-moi ça, j'adore les choses excitantes.

— Moi aussi, répond Gévey en lui remonte-pentant la cuisse d'une main baladeuse.

— Avez-vous vu tomber Abdel Hikhat Hessein?

— Non, je regardais comme tout le monde le mec qui faisait du deltaplane. Il est formidable!

— Vous le connaissez?

— Qui, le mec au delta? Oui, c'est Joseph Diswitt, un copain. C'est sa façon de s'envoyer en l'air. Moi je préfère les gonzesses...

Et sa main interrompt l'ascension de la cuisse pour entreprendre celle du décolleté. Arlène lui tape légèrement sur les doigts, par principe.

— Donc vous n'avez vu personne pousser Abdel?

— Non, je te répète: je regardais Joseph, je lui ai même envoyé la main car il était suffisamment près pour me reconnaître, tu peux lui demander.

— Où puis-je le trouver?

— Diswitt? C'est facile, il se tient toutes les nuits au Rambobar!

— C'est quoi, le Rambobar?

Gévey prend un air complètement atterré, à tel point qu'il suspend son ascension des gorges.

— Tu ne connais pas le Rambobar? Mais c'est la discothèque du Lovotel, le palace le mieux fréquenté de Val d'Isère. On y voit tous les grands du jet set: les princesses de Monaco, le fils à Belmondo, le fils à Delon, Céline Dion, Mitsou, Mario Tremblay, sœur Teresa, Denys Arcand, Bruce Springsteen, madame Gorbatchev, Jean-Marie Le Pen, David Bowie, Jean Doré, le gratin, quoi! D'ailleurs, j'y vais après cette soirée qui commence à me tomber sur la patate. Viens me rejoindre si tu veux, on va sûrement se marrer.

— Fous foulez bien m'akkorder cette tanse, mademoizelle? interrompt une voix gutturale à souhait.

Arlène regarde autour d'elle. Déjà des couples évoluent sur la piste aménagée au milieu du salon. Un orchestre d'une centaine de musiciens, dissimulé derrière une véritable forêt de plantes vertes visiblement gavées de Vitagro*, interprète un répertoire que n'aurait pas renié Mantovani ou même, jadis, Jen Roger. Ne sachant jamais refuser, la latiniste accepte l'invitation avec grâce.

---

* Admirez au passage l'élégant exercice d'allitération de l'auteur.

— Vous permettez, cher Timothée?

— Va, mon chou, cette musique sirupeuse me fout le cafard. Je te retrouverai au Rambobar qui présente cette semaine un ensemble rock super, le groupe Vaccination!

Arlène promet, puis suit son cavalier au milieu de la piste.

— Que se passe-t-il, Simon? Pourquoi cet accent allemand? demande-t-elle à son majordome qui la fait valser rondement.

— Je suis Otto Rhutvin, limier attaché à Interpol en vacances de ski dans les Alpes. J'ai réussi à sympathiser avec Gustave Hallanche après l'avoir surpris par hasard dans les toilettes où il pleurait comme une Madeleine. L'homme est complètement catastrophé, madame Arlène, il fait réellement pitié. J'ai emprunté aussitôt cette identité de flic teuton pour gagner sa confiance. Il ne se pardonne pas d'avoir failli à la tâche et entend donner sa démission demain matin. Il m'assure qu'il ne s'est aperçu de rien, trop préoccupé, comme les autres, à surveiller un deltaplaniste.

— Pauvre Hallanche, il faut absolument que je lui parle. Croyez-vous qu'il se trouve toujours là où vous l'avez découvert?

— Sans doute.

— Bon, j'y vais! D'ailleurs l'orchestre a terminé depuis longtemps et nous devons avoir l'air de deux parfaits tarlais à virevolter de la sorte.

Arlène monte à l'étage et frappe à la porte des toilettes.

— Entrez! lui répond une voix bourrue.

La détective ouvre la porte et surprend Gustave Hallanche assis sur la cuvette, le pantalon sur les souliers.

— Oh, pardon! s'excuse Arlène.

— Il n'y a pas de quoi, se lamente Hallanche en reniflant. Comme mon déshonneur est suprême, cette ridicule posture n'a rien d'ignominieux.

— Vous me semblez déprimé sans bon sens, remarque Arlène en s'asseyant sur le rebord de la baignoire.

— Je le suis, chère madame. Que voulez-vous, ma carrière est foutue. Juste comme j'allais prendre une retraite bien méritée, il fallait que je rate de la pire façon cette mission pourtant anodine de protéger Abdel Hikhat Hessein. Je serai dorénavant la risée de tous les flics de France. On me montrera du doigt dans mon village. Les gamins se gausseront du vieil Hallanche qui a préféré surveiller le vol d'un deltaplane que l'ambassadeur du Rouspéthan.

— Voyons, cessez de pleurnicher et arrêtez surtout de vous en faire. Même les meilleurs ont des faiblesses et, comme tous ceux qui partageaient la cabine du téléférique, vous fûtes un instant distrait par le ballet aérien de Joseph Diswitt. Sachez qu'en pareille circonstance, j'aurais moi aussi, curieuse sans bon sens, préféré regarder le spectacle que surveiller l'adipeux Hikhat Hessein.

— Quoi? Vous avouez que vous auriez agi comme moi, vous, Arlène Supin? Ah, vous me faites chaud au cœur, sublime enfant. Tenez, venez que je vous embrasse.

Et Hallanche se lève précipitamment, les bras tendus. Arlène ne peut retenir un sursaut de recul.

— Je veux bien accepter cette manifestation de reconnaissance, mon cher Gustave, mais à condition que vous releviez sur-le-champ votre pantalon car la scène serait par trop grotesque.

Hallanche, rouge comme un géranium, s'empresse de corriger sa mise.

— Pardon, chère mademoiselle, voilà que je manque en plus de savoir-vivre. Décidément, ce n'est pas ma journée.

Et il se remet à pleurer. Pour le consoler définitivement, Arlène pose un baiser sur son front, ce qui lui coupe instantanément les larmes.

— Bon, maintenant que vous avez repris vos sens, parlons des événements. Jusqu'ici, tous les témoins du drame m'ont raconté la même version: Abdel Hikhat Hessein, suite à un malaise passager, s'est penché à la fenêtre de la cabine et serait alors tombé. Il prétend qu'on l'a poussé alors que tous les passagers racontent qu'ils regardaient le vol du deltaplane. Qui a raison, Hallanche?

— Les passagers! Dès que nous avons aperçu Diswitt, Bernard Carpette ou de Grescault, je ne me souviens plus lequel, a alors baissé la glace de la cabine et nous nous sommes tous précipités pour mieux voir.

— Abdel a dû vouloir vous imiter?

— Sans doute, mais son malaise l'a probablement obligé d'ouvrir plutôt la fenêtre opposée pour mieux respirer, car il lui aurait fallu jouer rudement des coudes pour trouver place à celle que nous occupions tous.

— Bref, Abdel est paranoïaque ou trop orgueilleux pour admettre qu'il fut tout simplement imprudent.

— Sans doute, belle Arlène.

— Bon, je crois que l'affaire se précise et surtout qu'il est temps que nous quittions cet endroit: il me semble qu'on frappe à la porte depuis plusieurs minutes.

Et ils quittent les lieux, légèrement confus en apercevant la file d'impatients désireux d'évacuer leur trop-plein de champagne. Arlène retourne à la fête un instant, remet

Hallanche entre les bonnes mains de son majordome puis va prendre congé de son hôte.

— Vous partez déjà, chère amie?

— Oui, Abdel, il se fait tard et cette journée mouvementée m'a fatiguée. Je continuerai mon enquête demain. Auriez-vous l'obligeance de me faire appeler un taxi?

— Mais comment donc, pulpeuse créature.

Il claque des doigts et un chambellan se précipite. Quelques minutes plus tard Arlène est assise au fond d'une Renault 21. Le chauffeur actionne le compteur et se retourne.

— Où allons-nous, ma petite dame?

— Au Rambobar, mon gros monsieur!

❏

Le Rambobar est typique des boîtes à la mode. Plein à craquer, enfumé comme un hareng saur abandonné sur le cratère du Popocatépetl, il y règne une cacophonie mise en valeur par les décibels du groupe Vaccination, un quatuor de dégénérés savamment vêtus de lambeaux qui postillonnent dans des micros survoltés. Un stampede effréné agite la piste de danse où Arlène reconnaît en effet quelques altesses, plusieurs diplomates, de nombreux rois de l'immobilier et une foule de cinéastes d'Europe centrale. Le décor surtout est légèrement surprenant, affectant l'ambiance d'un pub irlandais, ce qui attriste un peu la détective toujours soucieuse d'authenticité locale. Elle avise un tabouret miraculeusement abandonné et s'accoude au bar où elle commande un Vichy-Gatorade bien frappé. À deux pas, des jeunes gens insensibles au brouhaha lancent le plus sérieusement du monde des fléchettes vers une cible aussi criblée qu'un faciès d'acnéen juvénile.

— Tu as bien fait de quitter la sinistre réception d'Abdel, ici au moins on s'amuse!

Arlène se retourne et aperçoit Timothée Gévey, le bras appuyé négligemment sur l'épaule de la starlette visiblement gavée de cocaïne qui occupe le tabouret voisin. Elle tend la joue à la bise d'usage puis s'empresse de demander si Joseph Diswitt est présent.

— Évidemment, comme tous les soirs, répond Gévey en délogeant la starlette d'un coup de hanche savamment mis au point sur les pistes de slalom.

Il s'assoit aux côtés d'Arlène et pivote pour mieux coller sa jambe à la sienne. Il ajoute:

— C'est lui, là, qui lance sa fléchette en plein dans le mille. Il est très fort au jeu de dard. C'est même son gagne-pain principal, il gagne toujours ses paris. D'ailleurs, c'est en battant à plate couture la célèbre Mary O'Trambley, dardiste professionnelle, qu'il a pu acheter son deltaplane... Mais trêve de potins, allons danser, mignonne!

Vaccination vient en effet d'attaquer «Coke gets in your nose», le tube de l'hiver qui met des fourmis dans les jambes de Gévey. Arlène accepte gentiment et les voilà qui s'émoustillent dans l'atmosphère alourdie d'odeurs d'aisselle aromatisées à l'Arrid de qualité et de marijuana premier choix. Le trafic est intense, mais ultra-ralenti par le flash des stroboscopes et les partenaires finissent par se perdre de vue dans la tourmente. Peu importe, on n'est jamais si seul que sur une piste bondée.

La robe littéralement trempée, ce qui met en valeur sa sculpturale anatomie, Arlène rejoint bientôt le bar, vaincue par la chaleur qui lui rappelle une récente traversée du Hoggar. Plus résistant, Gévey continue à s'ébattre jusqu'à la fin complète de la chanson de gestes avant d'aller la retrouver. La détective regarde sa Piaget.

— Il se fait tard, je crois que je vais rentrer, remarque-t-elle.

— Mais tu ruisselles, pauvre chou, et dehors il gèle à pierre fendre. Si tu pars tout de suite, tu risques un rhume qui nécessitera une tonne de kleenex grand format. Comme j'habite l'hôtel, la baignoire de ma chambre est à ta disposition.

Arlène préfère accepter. Malgré son vison qui l'attend au vestiaire, elle ne veut pas risquer la pneumonie et accompagne Gévey jusqu'à la suite somptueuse que lui a réservée Hikhat Hessein. Le skieur s'empresse de lui faire couler son bain pendant qu'Arlène retire sa robe et son mignon porte-décoration aussi diaphane que dentelé. En apercevant la latiniste dans son éblouissante nudité, Timothée tombe littéralement à la renverse dans la baignoire. Vif comme l'éclair, il se relève et se débarrasse illico de ses vêtements qui jonchent bientôt le plancher inondé. Hilare, Arlène le rejoint et l'athlète s'empresse de rétablir le niveau d'eau à grands jets de douche-téléphone pendant que la détective verse tous les sachets qui lui tombent sous la main qui, vu les quatre étoiles-luxe du palace, ne manquent pas. Le blizzard de mousse qui en résulte les empêchent de se voir, mais qu'à cela ne tienne, ils ont tôt fait de se retrouver et les gestes exécutés à l'aveuglette n'en sont que plus délectables. Le raz-de-marée qui s'ensuit devient rapidement indescriptible, c'est pourquoi nous le passerons sous silence, le génie littéraire de l'auteur n'ayant pas encore atteint celui d'un Prix Goncourt. Contentons-nous d'affirmer que Gévey réussit à éblouir Arlène avec un «Coup de fil viré» prodigieusement salace, alors que la belle latiniste lui démontre une «Traversée du Richelieu» dont il se souviendra longtemps. Gévey slalome à tout va entre monticules et vallons pendant qu'Arlène attaque les pics avec vigueur. Le tout se termine dans l'apothéose d'un fabuleux «Typhon à double arbre à cames» alors qu'apparaît, ulcéré et dégoulinant, l'occupant de la chambre au-dessous accompagné du directeur de l'hôtel complètement catastrophé. Confus et penauds, les protagonistes de la baignoire en folie quittent celle-ci aussitôt. En apercevant Arlène dans toute sa splendeur, les deux visiteurs se confondent en excuses, avouant qu'en pareilles circonstances, ils en auraient fait tout autant. Le directeur de l'hôtel commande même du champagne pour couronner le tout, et les trois hommes passeront le reste de la nuit à fumer des havanes et à vanter les délices de l'hétérosexualité, alors qu'Arlène s'est déjà depuis longtemps assoupie, rompue mais heureuse, dans le vaste lit *king size* du Lovotel.

Le lendemain matin, réveillée par l'éblouissant soleil des Alpes qui pénètre généreusement par la fenêtre, la détective s'empresse de quitter la chambre, après un petit coup d'œil apitoyé sur ce pauvre chou de Timothée, qui dort encore comme un ange. Elle se rend aussitôt à son hôtel, se change, puis téléphone à Abdel.

— Arlène, chère salvatrice! J'espère que vous avez bien dormi?

— Comme un loir, cher ambassadeur. Mais dites-moi, quand puis-je vous voir?

— Mais tout de suite, si vous voulez. Vous avez pris votre petit déjeuner?

— Pas encore.

— Bernard Carpette et moi allions prendre le nôtre. Nous attendons Randolph Hactif qui, paraît-il, a du nouveau. Venez vite, chère amie.

Le temps de sauter dans un taxi, de parcourir un kilomètre, et voilà Arlène attablée devant un joli plateau rempli de croissants croustillants. Carpette lui verse un grand bol de café alors qu'Abdel lui offre beurre et confitures. Peu après, une bonne visiblement contemporaine d'Émile Zola introduit le policier anglais. Il baise longuement la main de la détective, salue ces messieurs, s'assoit et se met à enduire un croissant de quelques kilos de confiture de coings.

— Alors, il y a du neuf, Hactif? demande Arlène impatiente comme toujours.

— Oui, j'ai longuement interrogé les frères Abd-Hollalah, j'ai même appelé les Services secrets à Londres. Ces gens-là sont fort douteux!

— Quoi, vous doutez de l'efficacité du M16? s'étonne Abdel.

— Non, je veux parler des frères Abd-Hollalah. Saviez-vous, monsieur l'ambassadeur, qu'ils ne sont pas rouspéthanais d'origine.

— Évidemment que je le sais, répond Abdel d'un ton légèrement pincé. Vous pensez bien qu'avant de les prendre à mon service comme gardes du corps, j'ai fait faire une minutieuse enquête à leur sujet.

— Vous savez donc qu'ils sont nés au Liban.

Hikhat Hessein s'étouffe littéralement dans sa tasse de café en entendant ces mots. Bernard Carpette doit lui donner de vigoureuses tapes dans le dos pour lui faire reprendre ses sens.

— Quoi, au Liban? Je les croyais natifs de Saint-Jérôme, charmante petite ville du Québec.

Arlène demeure un instant bouche bée puis s'exclame:

— Les frères Abd-Hollalah seraient mes compatriotes? Ne trouvez-vous pas cela un peu étrange, Abdel?

— Ma foi, oui, mais les résultats de l'enquête de nos services rouspéthanais sont formels: le père des frères Abd-Hollalah était, en 1957, attaché consulaire du Rouspéthan occidental à Montréal. Il amena un jour sa femme enceinte dans les Laurentiennes, jolie région montagneuse au nord de Montréal.

— Laurentides! corrige Arlène.

— Oui, c'est cela, dans les Laurentides, où ils allèrent manger dans un excellent restaurant de Val-Goliath, la Taupinière, je crois.

— La Sapinière, recorrige Arlène, et à Val-David.

— Oui, vous avez raison. Bref, madame Abd-Hollalah, enceinte de huit mois et demi, eut soudain un malaise alors qu'elle quittait la table du célèbre établissement. La nature devançant parfois les choses, on dut la transporter à l'hôpital de Saint-Jérôme, où elle accoucha de deux jumeaux qui, vous l'avouerez en contemplant leurs biceps, se remirent fort bien de cette émotion prématurée.

Randolph Hactif, tout en gardant son flegme britannique, se permet un sourire narquois. Il toussote légèrement avant de prendre la parole et un huitième croissant.

— Malgré tous les égards dus à votre vénérable personne, monsieur l'ambassadeur, il me faut déclarer sans ambages que vos services pataugent dans les pâturages de l'erreur. M16 et Scotland Yard connaissent en effet cette version officielle des faits, mais je dois vous prévenir qu'elle est totalement fausse.

Abdel Hikhat Hessein se lève d'un bond, ce qui déloge la moitié de la nappe dont il avait par inadvertance noué un bout derrière sa cravate.

— Je ne vous permets pas, monsieur Hactif, de vilipender de la sorte les services secrets de mon pays qui, c'est bien connu, dépassent en efficacité ceux de la CIA, du SDCE français et même du MOSSAD israélien.

— Allons, Abdel, ne vous fâchez pas, s'interpose Arlène, écoutons plutôt Randolph jusqu'au bout. Ce qu'il raconte est passionnant.

— Soit, pour vous faire plaisir, chère enfant, consent Abdel en se rasseyant, boudeur. Continuez, Hactif.

— Admettez, monsieur l'ambassadeur, ajoute le limier britannique, qu'aussitôt après l'accouchement, le père des frères Abd-Hollalah fut rappelé au Rouspéthan.

— Oui, où il fut accueilli avec sa femme et ses deux gamins nouveau-nés.

— Nouveau-nés qu'il était allé cueillir à Beyrouth avant de rentrer au pays.

Arlène est médusée. Cette rocambolesque histoire semble difficilement crédible. Elle décide d'interrompre la narration d'Hactif.

— Vous prétendez donc, cher Randolph, que les frères Abd-Hollalah ne seraient pas les jumeaux nés par le plus pur des hasards à l'hôpital de Saint-Jérôme en 1957?

— Je ne le prétends pas, je l'affirme!

— Foutaises que voilà, grogne Abdel. Si c'était vrai, je le saurais. Et puis dites-moi que sont devenus les vrais fils de l'attaché consulaire.

— Ils vivent au Canada, en paisibles citoyens.

Arlène n'en peut plus. Elle se verse une grande tasse de café puis demande à Bernard Carpette:

— Où puis-je téléphoner?

— Mais ici même, belle amie.

Et l'industriel secoue une clochette de cristal. La vieille bonne, qui semble à vrai dire contemporaine de Chateaubriand, s'amène à pas menus.

— Proserpine, veuillez apporter le téléphone à madame.

L'antique domestique s'exécute et bientôt Arlène approche le combiné de son oreille et pianote quelques numéros.

— Je veux parler à Montréal, Canada. La Gendarmerie royale!

Les trois hommes se mettent au garde-à-vous, fort impressionnés.

— Cet appareil est-il nanti d'un haut-parleur? demande Arlène en attendant la communication.

— Évidemment, l'assure Carpette en pressant un bouton.

— Tant mieux, dit Arlène, vous pourrez ainsi tous entendre la conversation et je n'aurai pas besoin de répéter...

— ... Gendarmerie royale du Canada!

— Monsieur Mortimer Veilleux, je vous prie. De la part d'Arlène Supin.

— ... Un instant!

— Mortimer est un vieil ami, explique Arlène. Heureusement qu'il travaille de nuit car, comme vous le savez, il est trois heures du matin à Montréal.

— ... Arlène? Quelle joie de vous parler, même à cette heure indue.

— Le soleil brille, Mortimer, car je vous appelle de Val d'Isère.

— ... Val d'Isère? Mais que faites-vous là?

— Ben, du ski, c't'affaire!

— ... C'est pour m'apprendre ce détail que vous me téléphonez? Allons donc, Arlène!

— J'enquête également sur une mystérieuse affaire. Vous avez votre prodigieux ordinateur à portée de la main?

— ... Évidemment, j'y joue d'ailleurs présentement une passionnante partie d'échecs.

— Changez de menu et tapez-y moi le nom Abd-Hollalah, je vous prie.

— ... Un instant... Voilà. Que voulez-vous savoir, Arlène?

— Lisez-moi ce qui est écrit sur l'écran.

— ... Mais vous savez bien que ça m'est interdit, les renseignements de cet ordinateur sont top-secret, voyons!

Arlène dégrafe par habitude un bouton de son chemisier et se met à se dandiner lascivement sur sa chaise, à la grande joie de ses convives.

— Voyons, Mortimer gros pitou, vous ne refuserez pas ce service à votre petite Arlène en or, hein?

— ... D'accord, ravissante vlimeuse, je vous le lis: *Abd-Hollalah, Yasser: Attaché consulaire du Rouspéthan occidental à Montréal de juin 1955 à novembre 1957.* Vous m'écoutez, Arlène?

— Oui, continuez, je vous prie.

— ... Mais c'est tout, chère amie.

— C'est tout? Allons donc!

— ... Je vous le jure, Arlène.

La détective est perplexe et déçue. Elle risque une dernière tentative.

— Faites-moi plaisir, Mortimer, et tapez la touche «extrême top-secret».

— ... Vous voulez rire, Arlène. C'est formellement interdit.

La détective libère un deuxième bouton. Comme elle ne porte pas de soutien-gorge, le spectacle est ravissant et ces messieurs louchent à qui mieux mieux.

— Mortimer... mon beau, mon grand, mon merveilleux Mortimer, roucoule Arlène.

— ... Vous êtes terrible, je risque ma carrière, mais qu'à cela ne tienne, je pèse sur le bouton, hop!

— Et alors? demande la latiniste.

— ... Rien! Le dossier est vierge. Il ne contient qu'une remarque.

— Laquelle?

— ... Voir dossier AMC.

— Qu'est-ce à dire?

— ... C'est le dossier «Affaires de mœurs croustillantes». On y accède par un code que seuls le Premier ministre et les juges de la Cour suprême connaissent. Cette fois-ci, je ne puis vous aider, Arlène.

La détective fronce les sourcils, en proie à la plus profonde des réflexions. Puis un sourire radieux illumine son visage. Elle crie presque dans le combiné.

— Tapez 748ZUT126KK33, Mortimer!

— ... Pourquoi? demande Veilleux qui craint d'entendre la réponse.

— C'est le numéro du code d'accès au dossier AMC.

— ... Comment le savez-vous?

— Ne posez pas de questions indiscrètes et sachez que j'ai mes entrées à Ottawa depuis belle lurette, si je puis dire.

— ... Y aurait-il du Pierre Elliott là-dessous, Arlène?

— Ne partez pas de rumeur idiote, Mortimer.

— ... Ou du Brian? rigole Mortimer.

— Ne soyez pas stupide, Veilleux, et tapez le numéro suivi du nom d'Abd-Hollalah. Mais ne vous trompez surtout pas, car ce numéro ne peut atteindre qu'un dossier à la fois. Pour en consulter plusieurs, il faudrait ajouter quelques chiffres que j'ignore.

— ... J'ai bien envie de taper «Arlène Supin», s'esclaffe l'agent de la GRC.

— Vous faites cela et vous êtes un homme mort, dit froidement Arlène en reboutonnant son chemisier au grand désespoir de ses compagnons.

— ... OK, ne vous fâchez pas. Voilà, c'est fait! Oh!, là là!

— Eh bien, Mortimer?

— ... Prenez un crayon et un papier, Arlène, car il y a là tout un roman.

— Ma mémoire et votre concision feront l'affaire, Mortimer. Alors, je vous écoute.

Mortimer Veilleux toussote pour s'éclaircir la voix, puis d'un ton légèrement affecté se met à résumer le contenu du dossier:

— ... Il appert, Arlène, que Yasser Abd-Hollalah fut pendant son séjour à Montréal ce qu'il est convenu d'appeler un chaud lapin. Joyeux célibataire, il entretenait dans les meilleures conciergeries de la métropole une foule de dames à la cuisse extrêmement légère, dont quelques gourgandines notoires fichées à la Gendarmerie, ce qui obligeait nos services à le surveiller étroitement quoique discrètement afin de s'assurer qu'il ne commette pas d'impairs diplomatiques regrettables. Cette vie

galante eut cependant une conséquence normale, car l'une
des maîtresses de l'attaché consulaire devint enceinte et
accoucha de deux jumeaux à Saint-Jérôme. L'affaire fit
du bruit et la rumeur parvint même jusqu'au Rouspéthan
qui demanda des explications. Yasser Abd-Hollalah, pour
éviter le scandale, voulut alors épouser la dame en question et la ramener dans son pays. Mais celle-ci refusa net
d'aller finir ses jours dans un bled perdu où la seule dis-
traction est de regarder passer le chameau de trois heures
quarante-huit...

Abdel Hikhat Hessein bondit.

— Quoi! Le Rouspéthan occidental un bled perdu!
Alors qu'il regorge de gratte-ciel, de Mercedes et de Bur-
ger King, non mais!

La détective, impatiente, lui fait signe de se taire.

— ... Vous êtes toujours en ligne, Arlène?

— Oui, Mortimer, continuez, je vous en prie.

— ... Voilà... Devant ce refus catégorique, Yasser
Abd-Hollalah, qui avait voulu calmer le Rouspéthan en
câblant qu'il s'était marié et qu'il rentrait au pays avec
femme et enfants, se retrouvait Gros-Jean comme devant.
Il eut alors l'idée de passer par Beyrouth avant de revenir
au pays natal. Dans la capitale libanaise, avec beaucoup
de chance et surtout beaucoup d'argent, il réussit à dénicher une mère célibataire nantie de deux jumeaux qu'il
ramena avec lui, les faisant passer pour son épouse et ses
enfants. Bref, l'honneur était sauf. Le gouvernement canadien n'a pas voulu ébruiter la chose, considérant que l'incident était beaucoup plus d'ordre privé que diplomatique,
et le Rouspéthan jusqu'à ce jour n'a jamais rien su de la
supercherie de l'attaché consulaire.

— C'est tout, Mortimer?

— ... Oui, Arlène. On n'ajoute que quelques détails sur la Libanaise qu'a ramenée Abd-Hollalah, des précisions sans importance.

— Comme par exemple? veut savoir Arlène curieuse tout de même.

— ... Cette femme est la seule fille d'une famille de quinze enfants, la famille Rhastah-Kouher, paysans de la vallée de la Beeka.

— Merci, cher Mortimer, et à bientôt.

— ... Il n'y a pas de quoi, chère Arlène... Mais j'y pense, vous n'appelez pas à frais virés j'espère?

Mais Arlène n'a pas le temps de le rassurer, car elle pose le combiné en vitesse en s'apercevant qu'Abdel vient de perdre conscience et s'est affalé sur la table, la face au beau milieu du plat de confiture. On s'empresse évidemment de ranimer le pauvre homme qui, semble-t-il, est sujet à de fréquents malaises. Pourtant les croissants ne sont point trop gras, cuits juste à point et croustillants à souhait, juge Arlène qui s'y connaît en petits déjeuners, pouvant digresser des heures sur les mérites comparés des œufs brouillés Rice Krispies et du Spécial K-crêpes Aunt Jemima. L'ambassadeur finit par reprendre ses sens, mais demeure livide. Randolph Hactif qui ne perd jamais son flegme royaume-unien s'enquiert aussitôt de la cause de cette syncope intempestive. Avant de répondre, Abdel Hikhat Hessein vide sa tasse de café d'un trait et dévore une couple de croissants chauds qu'une accorte boniche vient d'apporter dans un joli panier d'osier de Malaisie. Arlène subodore que la digestion de l'ambassadeur n'est pas en cause.

— Mes amis, dit Abdel d'une voix qui chevrote autant que celle de Véronique Sanson quand elle tient une note plus de trois secondes, ce policier canadien vient de nous apprendre une véritable catastrophe: les frères Abd-Hollalah, mes gardes du corps, sont en réalité les fils de la sœur des quatorze frères Rastah-Kouher, la pire bande de terroristes que la terre ait jamais portée. Bref, je suis perdu!

— Allons, Abdel, n'exagérez pas, dit Arlène. La mère de vos gardes du corps est sans doute une brave femme qui a su fort bien élever ses enfants. Qu'elle soit la sœur de forbans ne doit pas la rendre automatiquement suspecte, et ses fils encore moins. Les déclarer coupables par association est odieux, car nous n'avons aucune preuve.

— Moi je donne raison à notre ami Abdel, dit Carpette. Ces familles libanaises sont fanatiques et je suis certain qu'on a profité jadis du désarroi de Yasser Abd-Hollalah pour infiltrer la cour du roi Boncheik-Bonghanr.

Arlène conserve une moue dubitative. Penser que la famille Rastah-Kouher a comploté par sœur et neveux interposés est tout à fait improbable. Elle se retourne vers le policier de Scotland Yard.

— Qu'en pensez-vous, Hactif?

— Tout est possible, Arlène, et monsieur l'ambassadeur a peut-être raison. Fanatisée par sa famille, la mère des frères Abd-Hollalah n'a sans doute accepté à l'époque de vivre avec un Rouspéthanais que pour élever ses deux fils dans la haine multiséculaire de son peuple envers le Rouspéthan afin qu'un jour ils puissent de l'intérieur exercer un terrorisme efficace.

— Allah n'aurait pas mieux parlé, s'exclame Abdel au comble de la joie. Voilà, Arlène, vous tenez les coupables: les frères Abd-Hollalah!

— Woa les moteurs! s'écrie la détective. Ce n'est qu'une hypothèse et moi j'exige des preuves irréfutables. Je laisse le procès d'intention aux incapables, car je préfère l'éclatant soleil de la vérité à l'ombre du doute!

L'assemblée reste coite, fort impressionnée par la détective qui, debout, la poitrine agressive sous son chemisier tendu, brandit un croissant pour renforcer sa plaidoirie.

— Je suis persuadée, ajoute-t-elle, que Randolph et moi trouverons le coupable, mais à condition de garder la tête froide…

— … Et le reste du corps chaud, j'espère? interrompt Bernard Carpette que la fébrilité oratoire de la latiniste émoustille presque autant que sa poitrine de déesse.

— Évidemment, cher milliardaire. Si mon cerveau reste toujours aussi glacial que la calotte polaire, mon hémisphère sud ferait en tout temps évaporer la lave des plus torrides volcans.

Les trois hommes, le souffle court, ont peine à dissimuler leur rut. Randolph Hactif dénoue sa cravate, Abdel dézippe son anorak et Carpette passe un index nerveux derrière son col roulé. C'est lui qui finit par rompre le silence lourd de salacité.

— Seriez-vous prête, Arlène, à sacrifier votre corps pour découvrir la vérité?

— Moi? En tout temps! Si je savais que l'auteur de l'attentat acceptait d'avouer son crime à la seule condition que je couche avec lui, je serais prête sur-le-champ à me dévêtir et à m'offrir à lui!

— C'est moi le coupable! hurlent à l'unisson les trois hommes qui se sont levés d'un bond et enjambent déjà la table.

Arlène éclate de rire.

— Quels gamins vous faites, chers amis! Merci quand même de cet hommage, mais soyons sérieux. Je dois vous quitter, car j'ai beaucoup de boulot à abattre.

Le soupir de déception qui souligne ces paroles soulève la courte robe de la soubrette venue porter du café frais. Les trois messieurs en profitent aussitôt pour se rincer l'œil. Arlène s'esquive alors en constatant, à regret malgré tout, l'éternelle inconstance des hommes.

❏

Le ciel est d'un bleu profond et la poudreuse brille sur les pistes encombrées de vacanciers. Arlène décide d'en avoir le cœur net et de profiter de cette belle journée pour joindre l'utile à l'agréable. Elle retourne à son hôtel pour se changer et la voilà bientôt à bord du téléférique. La cabine n'est pas trop bondée à cette heure, ce qui lui facilite la reconstitution mentale du drame. Assise sur une banquette, elle imagine la scène quelques minutes avant la chute d'Abdel. Les sept hommes devaient probablement échanger les propos d'usage, tel qu'on le fait en bonne compagnie. L'un d'eux aperçoit soudain le deltaplane de Joseph Diswitt et s'empresse d'en aviser les autres. Ceux-ci se précipitent, sauf Abdel Hikhat Hessein qui, sans doute pris de vertige à cette altitude, préfère humer l'air alpin par la fenêtre de tribord, dont il a baissé la glace pour mieux respirer. À bâbord, l'un des passagers — Hallanche pense que c'est Carpette ou de Grescault — baisse la glace afin que chacun puisse mieux jouir du joli spectacle. Arlène les voit tous entassés comme des enfants devant une vitrine de Noël. Puis l'un d'eux profite de l'euphorie générale pour se retourner vivement, traverser la cabine, pousser ce pauvre Abdel dans le vide puis reprendre ensuite aussitôt sa place parmi les admirateurs de Joseph Diswitt. S'il y a vraiment eu attentat, le coupable a su admirablement profiter de l'occasion et agir avec un sang-froid et une vitesse de décision remarquables, constate Arlène. Qui donc a pu exécuter ce coup avec une telle maestria? Sûrement pas Gustave Hallanche, trop brave homme pour commettre un tel forfait. Les frères Abd-Hollalah? C'est possible, mais leur seul titre de Libanais n'est pas un mobile suffisant. Qui, qui donc est le coupable? La détective se frappe soudain le front avec la paume de sa main droite.

— Que je suis bête! pense-t-elle. Comment ne pas y avoir pensé avant? Ça crève les yeux! Il y a plus d'un coupable, mais le problème est que je n'en connais qu'un. Il me faut maintenant découvrir son complice! Bof, cela peut attendre.

La cabine est arrivée à son port et elle préfère creuser des sillons dans la neige que dans sa tête. À midi, elle s'arrête pour déjeuner dans un coquet relais de montagne. La foule est nombreuse sur la terrasse ensoleillée et elle en émerveille plus d'un en retirant pantalon et anorak et en s'étendant sur une chaise longue, revêtue du minuscule bikini qu'elle avait pris soin d'enfiler sous ses vêtements de ski. Il ne s'écoule qu'une trentaine de secondes avant qu'elle aperçoive Timothée Gévey qui arrive du sommet et dont l'arrêt éblouissant l'éclabousse de neige glaciale.

— Pensais-tu te débarrasser de moi aussi facilement? lui reproche-t-il en s'asseyant sur la chaise voisine.

Elle lui fait la bise.

— Tu dormais si profondément, chou, que je n'ai pas osé te réveiller avant de partir.

— Tu aurais dû, je t'aurais fait la «moraine enflammée» suivie d'une «remontée bulgare» de mon invention.

La détective frétille sur son transat. Elle en profite pour roucouler:

— Dis moi, gros pitou, tu saurais retrouver la crevasse où est tombé Hikhat Hessein?

— Les yeux fermés, ma poule.

Arlène grimace: elle a horreur qu'on l'appelle «ma poule». Mais à Timothée, on pardonne beaucoup. Elle retrouve le sourire pour lui demander:

— Et une fois cette crevasse repérée, tu saurais descendre au fond?

— Jeu d'enfant! Mais pourquoi, ma poule?

«Quel coq!» pense la latiniste en grinçant des dents. Qu'il me fasse la cour, passe encore, mais sa basse-cour, je m'en passerais. Elle poursuit cependant:

— J'aimerais que tu passes le fond de cette crevasse au peigne fin. Qui sait, tu pourrais peut-être y trouver un indice intéressant pour mon enquête.

— Avec plaisir, poulette en or, mais je croyais que tu y étais descendue le jour de l'accident.

— Je n'ai eu le temps que d'y découvrir Abdel, je n'ai pas eu le loisir de m'y attarder.

— O.K., belle pouliche, vos désirs sont des ordres!

Et il saute sur ses skis et démarre à l'épouvante.

Arlène le regarde devenir un point minuscule dans la vaste majesté des Alpes. Elle jure que les poules auront des dents avant qu'elle n'accepte de se retrouver dans de beaux draps avec lui. Puis elle fait signe au garçon, à qui elle commande une salade d'endives accompagnée d'un Sprite-Grand Marnier. En haut de la montagne, le vent se lève. Il neigera cette nuit.

❑

Abel Mondeau, le célèbre commissaire de police parisien, n'a pas hésité une seconde, suite au téléphone d'Arlène. Il a aussitôt communiqué avec son ami Lucas Chottier, l'as des services secrets français, qui fait souvent la page couverture du *Figaro Magazine* et dont l'ouvrage «À l'ombre des jeunes flics d'Honfleur» a suscité l'admiration de *L'Express*. Vaguement cousin du Président de la République, concubin de la belle-sœur du Premier ministre et amant de la maîtresse du gendre du Garde des Sceaux, Chottier sait tout. Et il ne peut rien refuser à Abel Mondeau qui un jour sauva sa carrière en criant «22» lors d'une descente de la brigade des mœurs dans une maison close huppée du 16e arrondissement.

— ... Chottier est formel, chère Arlène, grésille au téléphone la voix d'Abel. René de Grescaut a un passé douteux. Tout d'abord, il s'appelle en réalité Firmin Danlçaque, né à Marseille en 1926. Après la guerre, il fut un moment interpellé par la police pour une étrange affaire de mœurs; on le soupçonnait de proxénétisme à saveur légèrement proche-orientale. Il aurait été mêlé, dit-on, à l'envoi d'un cheptel galant vers les côtes du Liban qui, à l'époque, préférait de beaucoup s'envoyer en l'air avec des gourgandines qu'avec de la dynamite comme aujourd'hui. Relâché faute de preuve, il disparut un moment de la circulation pour reparaître au début des années 60 comme plongeur au Negresco, le grand palace de Nice.

Il occupa ce noble métier fort peu de temps, préférant plonger dans l'immobilier qui prenait alors sur la Côte d'Azur un essor effarant. Bref, il y fit fortune et des relations politiques, car comme vous savez l'un ne va pas sans l'autre. Il changea évidemment de train de vie, mais également de nom, adoptant celui plus noble de De Grescault, sans doute par nostalgie pour son court séjour au Negresco. Aujourd'hui, il est ministre! Voyez, Arlène, où mène l'immoralité!

— ... Ouais, ce chemin sinueux ne permet tout de même pas de conclure à sa culpabilité dans l'affaire qui nous concerne, remarque la détective. Existerait-il dans les activités présentes de De Grescault un élément louche qui pourrait nous mettre sur une piste plus concluante? continue Arlène qui se surprend à parler comme un chroniqueur sportif recyclé dans le fait divers.

— ... On le dit également très près de la société ouest-allemande Mitt-Rayer, financière bien connue de marchands d'armes et autres bazookistes distingués.

— ... Oh! oh! Comme c'est intéressant, si on pense qu'Abdel Hikhat-Hessein est en France pour négocier le réarmement de son pays. Bref, je constate que j'ai beaucoup de pain sur la planche pour démêler tout ça.

— ... Bof, comme je vous connais, Arlène, je suis sûr que vous subodorez déjà la vérité et que vous savez qui est coupable.

— ... Évidemment, cher ami, mais j'ai besoin de preuves concluantes... Ceci dit, mon devoir m'appelle, comme aimait le rappeler Claude Ryan. Allez, au revoir, Abel!

Et la divine latiniste pose le combiné sur la fourche du téléphone de sa chambre d'hôtel et va s'étendre sur le lit pour mieux réfléchir. Au bout de seize secondes virgule huit, elle dort profondément. Six minutes trente-trois plus tard, elle est réveillée par des coups violents frappés à sa porte. Elle pousse un soupir qui agite vigoureusement les rideaux plein-jour et va ouvrir. Timothée Gévey entre précipitamment, aussi triomphant qu'un poète guatémaltèque qui vient de gagner le Nobel de littérature.

— Voilà ce que j'ai trouvé au fond de la crevasse tragique! exulte-t-il.

— Je le savais, je le savais! trépigne de joie Arlène qui saute au cou de Timothée.

Celui-ci laisse tomber sa trouvaille et renverse la détective sur le lit, qui devient bientôt un prodigieux champ de bataille d'où volent aux quatre coins de la chambre anorak et porte-jarretelles. Timothée procède à la cosaque, désireux de prouver carrément que les crevasses, décidément, n'ont aucun secret pour lui. Arlène ne bronche même pas en entendant ses «vas-y ma poule» gutturaux, laissant volontiers, pour le moment, ses principes rejoindre sa petite culotte sous la commode.

❑

Le bureau de Gustave Hallanche s'avérant trop exigu, Arlène a dû convoquer son monde chez Bernard Carpette, dont la villa pourrait facilement accommoder la foule de Pâques réunie sur la place Saint-Pierre de Rome. Tous sont au rendez-vous: Abdel Hikhat-Hessein s'est installé confortablement dans un fauteuil Niagara, orgueil de l'industriel français qui s'est facilement laissé convaincre par Réal Giguère lors d'un récent voyage au Canada. De Grescault, vu son rang de ministre, préfère demeurer debout, adossé tout de même à la courbe du Steinway. Gustave Hallanche, plus prolétaire, s'est contenté du banc du piano. Randolph Hactif, dont le flegme britannique en prend un sacré coup vu l'imminence du dévoilement de la vérité, marche de long en large sur la moquette importée d'Islamabad. Carpette, en hôte discret, se tient à la fenêtre, dont il écarte parfois les rideaux pour jeter un regard furtif vers les jardins enneigés, façon de montrer un dégagement neutraliste. Les frères Abd-Hollalah ont décidé de s'asseoir par terre, par respect pour la délicatesse des fauteuils Louis XVI dont l'intégrité serait sérieusement menacée par leur corpulence. Timothée Gévey, lui, a choisi de siéger le plus près possible de la porte de l'office, afin de puiser plus facilement dans le plat d'amuse-gueule qu'un larbin hautain ne cesse de servir. Arlène, superbe dans son pull angora du Népal, demande le silence.

— Après mûres réflexions, après de multiples appels téléphoniques qui, soit dit en passant, saleront ma note d'hôtel, après la minutieuse enquête de mon collègue Randolph Hactif, que je prierais d'ailleurs de remiser sa pipe dont l'odeur me rappelle étrangement l'écurie de mon grand-père Ludovic à Saint-Félix-de-Valois, bref après beaucoup de travail, j'en suis arrivée à la conclusion suivante: notre ami le cheik Abdel Hikhat Hessein n'est pas tombé du téléférique par accident, il a été victime d'un attentat!

Un long murmure accueille ses paroles, suivi d'un silence attentif. Gévey en profite pour dévaliser le plateau de canapés au saumon fumé.

— De plus, continue Arlène, je connais l'identité de l'auteur de cet odieux attentat!

Le silence est encore plus tendu. On entendrait voler une mouche si l'on n'était pas en hiver, si les fenêtres étaient largement ouvertes et si les plaquettes Vapona, le Raid et les grille-bibittes électriques n'existaient pas. Abdel seul ose, en tant que victime, le rompre.

— Je suppose que le coupable est ici présent, dit-il d'un ton légèrement méprisant, puisque vous avez choisi de nous convoquer tous.

— Peut-être, sourit Arlène qui ne déteste pas saupoudrer ses brillantes démonstrations d'un peu de suspense, mais laissez-moi vous dire qu'aucune des personnes présentes n'a précipité Abdel dans le vide!

— Nous sommes donc tous innocents, conclut Bernard Carpette qui fait signe au larbin d'ouvrir une seizième bouteille de champagne.

— Attention, si personne n'a touché au cheik, c'est donc qu'il existe une arme du crime, corrige la détective.

Le cheik bondit, ma foi avec une certaine gaucherie, de son Niagara.

— Quoi, une arme? Mais je ne fus à aucun moment blessé, chère amie, même pas par ma chute qu'une providentielle et fort épaisse neige a rendu moelleusement anodine.

— Vous fûtes attaqué, cher Abdel, par une arme que je qualifierais de douce. D'ailleurs, cette arme, la voici!

Et Arlène ouvre la porte d'un bahut savoyard sculpté main et brandit l'instrument criminel qu'elle lui avait un moment confié.

— Diantre! laisse échapper de Grescault qui sait
demeurer grand siècle.

— By Jove! lance un Randolph Hactif qui a peine à
circonscrire l'incendie qui embrase sa veste de tweed à la
suite du remisage de sa pipe dans la poche de gauche.

— Par Allah, Arafat et l'ayatollah! s'écrient à l'unisson les frères Abd-Hollalah.

— Nom de Dieu de bordel de merde, grogne Gustave
Hallanche qui connaît tous les films de Gabin par cœur.

— Eh ben! se contente d'émettre Carpette qui
manque de vocabulaire.

Timothée Gévey, la bouche trop pleine, est incapable
d'émettre un son. Arlène attend que la stupéfaction cesse
pour ajouter:

— J'ignore hélas comment vous appelez cet instrument que je brandis à bout de bras. Chez nous, au Québec,
cela se nomme un débouche-cabinet, du moins c'est le
vocable qui décrit admirablement ce manche de bois franc
terminé par une ventouse de caoutchouc et qui sert soit à
débloquer les éviers engorgés, soit à soulager les cuvettes
d'aisance étranglées.

En expert qui ne perd jamais son sang-froid, Randolph Hactif se permet d'intervenir.

— Comment pouvez-vous affirmer que cet instrument est l'arme du crime, Arlène?

— J'ai plusieurs raisons de le prétendre, Randolph.
Primo, il a été retrouvé dans la crevasse où a chuté notre
pauvre Abel. C'est Timothée Gévey qui, à ma demande, a
soigneusement inspecté les lieux du drame et rapporté cet
outil, lequel, avouez-le, ne pouvait sûrement pas s'y trouver par hasard. Secundo, cet embout caoutchouté explique
pourquoi notre ami Hikhat-Hessein n'a aucunement été

blessé. Cependant, il est évident que ce débouche-cabinet, en heurtant Abdel, l'a précipité hors de la cabine. Pendant sa chute aérienne, le cheik a dû avoir l'engin fixé temporairement à son crâne, vu le formidable pouvoir de succion de cet embout. Seule sa glissade dans la crevasse aura délogé l'arme, pour la précipiter dans quelque obscur recoin où l'a dénichée l'œil vif de notre puissant skieur.

En entendant ce qualificatif, Timothée tape un clin d'œil égrillard à la détective qui rougit jusqu'à la racine de ses cheveux blonds. Les autres, dans un brouhaha indescriptible qui m'évite donc la peine de vous le décrire, se mettent à la presser de questions.

— Même si je ne parviens pas à les entendre, je suppose vos doutes, déclare-t-elle, la main tendue pour réclamer le silence. Vous vous demandez sûrement comment il se fait que personne n'ait vu quiconque brandir l'arme et en assener un coup sur l'occiput de l'ambassadeur du Rouspéthan...

— Vous admettrez que le doute est logique, objecte Hactif. De plus, et je le demande à tous, si le «débouche-cabinet», comme l'appelle notre ravissante amie dans son savoureux vocabulaire du terroir québécois, fut l'arme du crime, comment expliquer que personne ne l'avait auparavant remarqué dans la cabine? Après tout, on ne dissimule pas cet engin dans sa poche-revolver, non? Répondez, mes amis. Quelqu'un a-t-il aperçu cet outil de plombier à bord du téléférique?

Le «non» qui répond à cette question est unanime et Hactif se tourne vers Arlène.

— Alors, chère amie? Nous vous écoutons.

La latiniste sourit patiemment puis déclare, assez fière d'elle:

— Vous avez tous raison, l'arme du crime ne se trouvait pas dans la cabine.

— Allons, cessez de plaisanter, réclame soudain de Grescault d'un ton exaspéré. À quoi jouez-vous, madame? Pourquoi nous réunir ici pour nous dire qu'aucun des passagers n'a poussé Abdel et que cet instrument ridicule n'était même pas dans la cabine? Notre temps est précieux, vous savez, du moins pour mon ami Carpette et moi. Il doit voir à l'état de ses affaires et moi aux affaires de l'État...

— Qui sont souvent les mêmes, n'est-ce-pas? ironise Hallanche.

— Que voulez-vous insinuer? demande de Grescault les poings serrés.

— Allons, allons, du calme! ordonne Arlène. Je vous ai promis un coupable et le voici: messieurs, vous pouvez entrer!

La porte de l'office s'ouvre pour, cette fois, au grand regret de Gévey, laisser passer deux brigadiers, l'un ventru et chauve, l'autre émacié et hirsute. Ils escortent un individu aux poignets menottés.

— Nom de Dieu! Joseph Diswitt! lance Timothée que l'absence momentanée du larbin rend audible.

— Oui, mes amis, le coupable n'est nul autre que Joseph Diswitt, le prodigieux deltaplaniste dont vous admiriez les prouesses au moment du drame et que j'ai fait arrêter ce matin. Excusez-moi, Hallanche, je voulais vous tenir au courant, mais comme vous évitez la gendarmerie, je ne voulais pas vous soumettre aux quolibets de vos hommes avant que la vérité éclate. Je vous prierais cependant de passer également les menottes au complice de Diswitt, René de Grescault ici présent.

— Quoi? manque de s'étouffer de Grescault. Mais comment? Oser prétendre que je puisse être coupable de quoi que ce soit? Moi, ministre de la République française, porteur de la rosette de la Légion d'honneur, bienfaiteur des pauvres, des veuves, des orphelins, voire des travailleurs immigrés, oser me comparer à ce blanc-bec qui ne fait que virevolter dans les cimes enneigées ou dans les mini-jupes des minettes de l'après-ski? Mais votre outrecuidance frise la démence, madame!

— Ta gueule, Firmin! laisse échapper Arlène d'un ton où perce légèrement l'accent de son pays.

Le ministre blêmit et prend la place d'Hallanche qui s'est levé, menottes à la main. Il vacille un moment et doit prendre appui sur le clavier qui émet alors un accord qui ressemble étrangement à un passage d'un concerto de Chopin.

— Je suis bien prêt à vous donner raison, Arlène, dit Gustave Hallanche, mais j'aimerais un peu plus de précision.

Arlène consent:

— Voilà comment se sont déroulés les événements: Abdel a voulu négocier avec René de Grescault l'achat d'armes pour le Rouspéthan occidental...

— C'est vrai, reconnaît le cheik.

— Mais le ministre s'oppose à cette vente d'armes sous de fallacieux prétextes de pacifisme. En réalité, il veut diriger les milliards du Rouspéthan vers Mitt-Rayer, la firme allemande qui lui paye de prodigieux pots-de-vin et dont il est la méprisable marionnette.

— C'est encore vrai! La discrétion diplomatique ne me permettait pas de dévoiler cette combine, mais maintenant que les faits sont connus je puis me permettre enfin d'abonder. Soyez assurés cependant que j'ai refusé systématiquement les offres louches de De Grescault, car mon mandat est clair, vu les liens d'amitié immémoriaux qui existent entre mon pays et le vôtre, chers amis. J'achète français ou je n'achète pas!

Bernard Carpette et Gustave Hallanche claquent des talons en entendant ces belles paroles qui leur font chaud au cœur et amènent une larme chauvine à leurs paupières inférieures. Timothée Gévey s'en fout royalement et si le ministre n'était pas assis au Steinway, il sauterait même sur l'occasion pour pianoter une dérisoire Marseillaise.

Mais Arlène continue, peu enthousiasmée par l'ambiance cocardière.

— De Grescault, hors de lui, n'a alors qu'une idée: faire disparaître l'émissaire rouspéthanais dans l'espoir que son éventuel successeur soit plus malléable. Mais comment s'en prendre au cheik, protégé non seulement par la police et les services secrets français, mais également par de redoutables gardes du corps?. Facile, il retient, à prix d'or sûrement, les services du prodigieux deltaplaniste qui, ne l'oubliez pas, est également champion mondial du tir aux fléchettes. Il est évident que, grâce au service de Renseignements français, notre véreux ministre a su qu'Abdel souffrait du vertige des hauteurs d'où cette invitation à skier dans les Alpes. Le *modus operandi* est facile à comprendre, et je l'avoue fort ingénieux. Dans la cabine du téléphérique, Abdel devra sûrement, à un moment ou l'autre, prendre l'air pour calmer son angoisse. Diswitt rôdera dans les parages à bord de son deltaplane. Ses prouesses attireront naturellement les passagers et, sous prétexte de faciliter le visionnement du spectacle, de Grescault ouvrira la fenêtre du côté de Diswitt. Celui-ci n'a plus qu'à tirer, à l'aide d'une arbalète fixée au deltaplane, le débouche-cabinet sur la silhouette de notre pauvre Abdel, persuadé que l'arme du crime disparaîtra à jamais dans l'immensité glacière des Alpes. Admettez que le plan a presque magnifiquement réussi. L'audacieux, quoique vénal, sportif a manœuvré avec la rigueur d'un astronaute et a visé avec la précision d'un tireur d'élite. Le débouche-cabinet a atteint la victime de plein fouet et à la vitesse de l'éclair, car personne ne l'a senti passer, sauf Abdel qui, précipité dans le vide, ne comprenait sûrement pas ce qui lui arrivait.

— En effet, chère salvatrice, je chutais à vive allure et ma vie se déroulait devant moi, ce qui me laissait peu de loisir pour la réflexion.

— Foutaise infantile que cette démonstration! Madame Arlène Supin, nous ne sommes pas au cirque, si je ne m'abuse, s'oppose de Grescault, tout de même livide.

— Ta gueule, Firmin, répète Arlène avec cette fois un fort accent du comté de Joliette. Ne gaspille pas ta salive, Diswitt a tout avoué.

Les bravos fusent. Hallanche et Hactif félicitent la détective en lui secouant vigoureusement la main. De Grescault est immédiatement évacué par les brigadiers qui, stoïquement, ont refusé le verre de champagne offert par un Bernard Carpette fort impressionné de la performance d'Arlène. Les frères Abd-Hollalah, qui n'ont rien compris de la conversation, se curent les dents en silence. Abdel est aux oiseaux, se précipite vers la latiniste, lui baise la main fébrilement.

— Quelle couleur, la Rolls Royce? Bleue comme vos jolis yeux, rose comme vos tendres joues, rouges comme vos pulpeuses lèvres?. Non, ne refusez pas, contentez-vous de me donner votre adresse, le véhicule sera livré à votre porte par mon Boeing 747 personnel.

— Merci, Abdel, refuse Arlène, seul le plaisir de voir éclater la vérité me récompense. Mais j'ai tout de même une faveur à vous demander: ne pourriez-vous pas suspendre cet achat d'armes, ne trouvez-vous pas qu'il y a assez de guerres comme ça?

— Vous avez raison, belle enfant et je retourne sur-le-champ plaider la cause de la paix auprès de mon gouvernement.

Et il sort en courant.

Arlène cherche son skieur favori, mais il a disparu. Inquiète, elle interroge le larbin.

— Vous n'auriez pas vu monsieur Gévey?

— Monsieur vomit dans les toilettes, madame. Ses trois douzaines d'œufs farcis, ses cinquante-quatre canapés au caviar, ses deux cent trente-huit bouchées au foie gras et ses cent vingt-deux coupes de champagne auront sans doute perturbé son estomac.

Arlène se contente de soupirer. Bah!, il aura été un excitant intermède, mais la vie continue et les vacances achèvent. Elle regarde sa montre. Il n'est que midi et les pistes sont ensoleillées. Le ski l'attend.

❏

Val d'Isère à ses pieds ressemble à un timbre-poste. Arlène hésite un moment, en proie à la béate euphorie de la grandeur alpine, puis s'élance sur la piste. Elle finit

après de longues et grisantes minutes par s'arrêter au restaurant d'étape. Simon Moine y est allongé sur la terrasse,
nanti d'un réflecteur à bronzage.

— Vous êtes tout rouge, Simon, attention au coup de
soleil, il est pernicieux à cette altitude.

— C'est ce que prétend Abdel Hikhat-Hessein qui
passait en coup de vent il y a une minute à peine, madame
Arlène. Il m'a aussi remis ce mot à votre intention.

Arlène ouvre l'enveloppe marquée aux armoiries du
Rouspéthan occidental et déplie une feuille griffonnée de
quelques mots qu'elle se met à lire à haute voix:

Chère amie
À votre retour dans votre beau pays, vous recevrez la
preuve que la falaise a la complexion de votre major-
dome.
Adieu et merci
Abdel

— Je ne comprends strictement rien à ce charabia,
remarque Simon en louchant vers le vaste postérieur
d'une Autrichienne qui attache ses fixations.

— Chouette, se dit Arlène, qui comprend tout, ravie
d'apprendre qu'elle roulera bientôt en Rolls Royce Cor-
niche cramoisie.

À la recherche
du temps à perdre

Hippolyte-Népomucène Xégaz est tout simplement abasourdi. Il faut dire qu'il n'a pas mis les pieds sur la rue Sainte-Catherine depuis les beaux jours de Maurice Richard, alors qu'il fréquentait assidûment le Forum, dans les estrades duquel il détenait un fauteuil situé directement derrière une colonne, ce qui explique la légère déviation de son épine dorsale. Il ne reconnaît plus la grande artère montréalaise et demeure sidéré devant sa faune bizarre de dames légères lourdement peinturées et de petits messieurs aux pantalons très ajustés. Distrait comme tout savant qui se respecte, il attend patiemment le tramway 3A en face d'Eaton, jusqu'à ce qu'il s'aperçoive de l'absence de rails sur la chaussée. Il pousse alors un long soupir en constatant l'évanescence des choses.

À 94 ans et demi, il n'a plus l'habitude des sorties nocturnes et il a fallu un événement exceptionnel pour l'extirper de son laboratoire de Verdun. Prix Nobel de chimie ondulatoire, il préfère ses éprouvettes, ses rhéostats et ses microscopes aux chauds trottoirs de la Catherine, mais ce soir il arrive du conventum de son collège, auquel il se fait toujours un devoir d'assister. Évidemment, les rangs des confrères sont décimés, vu le grand âge des anciens carabins, et il n'y avait plus autour de la table retenue au Ritz que Roméo Pathy, médecin, Pamphile Halenglèze, entrepreneur, et Prosper Laboulle, député. Les agapes cependant ont été fort réjouissantes: après l'eau minérale consommée au bar, les quatre confrères se sont attablés autour d'une soupe à l'orge suivie de blanc de poulet accompagné de toasts Melba et d'un verre de chablis, le tout clôturé par une fabuleuse crème caramel. Pathy, en premier de classe qu'il était, a dirigé la conversation, rappelant joyeusement les bons moments de leurs années d'étude: la punaise sur la chaise de monsieur Sylvestre, la crevaison de l'abbé Dudesson, grand amateur de vélo, et la fois où Laboulle, en lançant une craie à Halenglèze, avait atteint par erreur monseigneur Degloire qui prêchait la retraite de la rentrée. Pamphile s'est moqué de Xégaz en imitant la façon maladroite dont il interprétait le *Tantum ergo* pendant le Salut, à la grande stupéfaction de quatre touristes américains peu habitués à l'audition de cantiques dans un Ritz de bon aloi. Bref, on s'est bien amusé, on a versé quelques pleurs de nostalgie et on s'est quitté en promettant de se revoir dans dix ans, si Dieu permet qu'on atteigne 104 ans!

Xégaz, alourdi par le blanc de poulet, a décidé de marcher un peu, d'où sa présence sur la rue Sainte-Catherine. Il fait une chaleur saharienne et le ciel est aussi lourd qu'une envolée oratoire à l'Assemblée nationale. D'ailleurs l'orage éclate et la pluie dégringole en trombes; on se croirait au pied du Niagara! Le Prix Nobel, imprévoyant, a oublié son parapluie, mais aperçoit heureusement une marquise brillamment éclairée sous laquelle il se réfugie illico. Cependant les gouttes charriées par un vent écorneur de bovidés éclaboussent sérieusement le pli impeccable de ses pantalons et l'obligent à bientôt franchir la porte que protège l'auvent, afin de bénéficier d'un abri plus sec. Il est accueilli aussitôt par un monsieur de taille imposante qui lui demande aimablement:

— T'es tout seul?

Xégaz, qui adore le sarcasme, a le goût de lui répondre qu'il est visiblement accompagné du chœur de l'Armée rouge, mais se contente d'acquiescer, tout simplement.

— Suis-moé! dit alors l'armoire à glace.

Tout en essuyant ses lunettes inondées de pluie, le professeur obtempère, heureux d'avoir trouvé havre si accueillant. Il s'assoit à une table et remarque enfin la musique tonitruante déversée par les deux mille watts d'un prodigieux système de son.

— Quoi c'est que tu prends? demande une voix agréablement féminine.

Xégaz conclut qu'il n'a pas le choix et que cet établissement providentiel est sans doute un casse-croûte. Après quelques secondes de réflexion, il se décide.

— Apportez-moi un cream-soda Denis, je vous prie.

— On a rien que de la bière, icitte!

Diantre, serait-il dans une taverne? Il chausse ses lunettes dûment nettoyées, mais celles-ci s'embuent immédiatement après lui avoir dévoilé, plateau à la main, une jeune demoiselle vêtue d'une petite culotte et d'une chemisette aussi diaphane qu'une aile de libellule.

— Je vais prendre une Frontenac bleue, finit-il par balbutier, peu au courant des marques contemporaines.

— On n'en a pas, remarque la jeune fille, mais on a de la Miller.

— Va pour la Miller, consent Xégaz qui n'a pas la discourtoisie de s'obstiner.

La gentille serveuse s'en va et le savant en profite pour repolir ses besicles qu'il replace soigneusement sur son nez. Une voix passablement enrouée se met à tonitruer dans les haut-parleurs:

— «Et voici maintenant, directement de Las Vegas, la jolie Patriciaaaa..!»

Xégaz aperçoit alors dans les rayons bleutés et enfumés d'un projecteur une délicieuse créature qui escalade les marches d'une scène totalement dépouillée. En talons aiguilles et micro-bikini, elle se met à exécuter quelques pas de danse au rythme d'une musique dominée par une abondante percussion.

«Je dois être dans un cabaret, se dit Xégaz. J'espère qu'il y a un magicien ou un ventriloque au programme.»

Il reçoit sa bouteille de Miller et sursaute en payant la note, surpris de constater que le prix du houblon n'est plus de dix cents. Il boit une petite gorgée, croise la jambe et retourne au spectacle. Il doit alors déposer son verre en vitesse pour ne pas le renverser, en constatant que le soutien-gorge de la danseuse a disparu, libérant ainsi une poitrine d'une extrême générosité.

La serveuse revient et lui propose son plus joli sourire. Xégaz lui rend la pareille et ajoute, d'une voix émue:

— Cette personne qui danse est fort talentueuse.

— Moi aussi je danse bien, rétorque la serveuse, tu veux que je te montre?

— Si vous voulez, répond Xégaz qui n'ose douter de ses dons.

La jeune fille part et revient au bout de quelques secondes nantie d'un tabouret qu'elle installe à deux millimètres de la chaussure gauche du savant. Elle place son plateau à côté de la bouteille de Miller, puis monte sur le tabouret. Xégaz ignore à cette seconde que débute pour lui une aventure mémorable...

q

— Alors, la suite! implore Arlène Supin en se rongeant les ongles d'impatience amusée.

— C'est que c'est fort gênant, avoue Xégaz rouge comme une borne-fontaine fraîchement repeinte.

— Allons, Hippolyte, vous savez bien que vous pouvez tout me dire... Donc la demoiselle grimpe sur le tabouret...

— Oui et, croyez-le ou non, se met à danser devant moi, plutôt à se dandiner, vu l'exiguïté de la piste. Puis tout à coup...

— ... Tout à coup?

— Elle enlève son chemisier!

— Non! lance Arlène qui a peine à ne pas pouffer de rire.

— Si!

— Elle était bien faite? ne peut s'empêcher de demander Arlène, curieuse comme toute femme.

— Ad-mi-ra-ble-ment, reconnaît Xégaz, une véritable Vénus, voire l'Aphrodite de Praxitèle.

— Ensuite? s'impatiente la détective.

— Non, je n'ose pas!

— Osez, osez, Xégaz, je dois tout savoir sinon je ne pourrai vous aider.

— Eh bien... mon doux que c'est gênant... eh bien, elle a retiré sa culotte!

— Sa culotte?

— Oui, Arlène, sa petite culotte... et elle a continué à onduler de plus belle, à quelques centimètres de moi.

— Quelle fut votre réaction, cher Hippolyte?

— Ben, j'ai demandé une paille.

— Pardon?

— Une paille, un chalumeau quoi, dont on se sert pour aspirer un milk-shake ou un cream-soda. J'ai hélé une autre serveuse et je lui ai demandé une paille.

— Mais pourquoi?

— Pour boire ma Miller, pardi! Ma main tremblait trop, je ne pouvais tenir mon verre.

— Et alors, ensuite?

— Ma serveuse poursuivait sa danse, au rythme d'une musique que je qualifierais de fort langoureuse, et tout à coup s'est retournée et m'a fait dos.

— Vous ne me dites pas! ironise Arlène.

— Puis cette callipyge personne s'est penchée vers l'avant et est allée toucher de ses index laqués la pointe de ses chaussures à talon aiguille.

— Oui, et après?

— ...

— Allons Xégaz, parlez, je veux tout savoir.

— Non, j'ai trop honte, avoue le vieux savant en couvrant son front dégarni de ses deux paumes.

La latiniste pose doucement sa main sur l'épaule du vieillard.

— Confessez-vous, cher ami, ça soulage. De toute façon, vous êtes pardonné d'avance.

— J'ai commis un geste irréfléchi, je sais, reconnaît le Prix Nobel.

— Mais lequel, grands dieux?

— Voyez la scène, Arlène: cette ravissante demoiselle, à quelques centimètres devant moi, courbée de cette façon, présentant une cible à nulle autre pareille. Bref, je n'ai pu résister.

— Mais qu'avez-vous fait, Xégaz? Vous commencez à m'inquiéter.

— Je vous le répète, je n'ai agi que par réflexe.

— C'est-à-dire?

— J'ai déchiré un bout du papier qui enveloppait la paille et, comme le font les gamins, j'ai soufflé!

— Non!

— Si, pan dans l'œil, si vous me permettez cette inexactitude anatomique en guise d'euphémisme.

Arlène ne peut résister plus longtemps et éclate d'un fou rire incontrôlable. Plus elle rit, plus Xégaz semble vexé.

— Ce n'est pas drôle, Arlène, j'ai été irrespectueux envers cette jeune fille, je suis impardonnable.

— Mais quelle fut sa réaction? finit par demander Arlène les larmes aux yeux.

— Elle s'est relevée aussitôt et m'a lancé un «Faut pas se gêner!» fort courroucé.

— C'est tout?

— Non, la musique s'est terminée et elle est descendue de son piédestal, en ajoutant d'un ton sec: «C'est cinq piastres!»

— Elle vous a présenté la note, quoi.

— Oui, mais je n'avais pas la somme sur moi.

— Quoi?

— Vous savez bien, Arlène, que je ne transporte jamais d'argent. J'avais tout juste de quoi payer la bière…

en plus de mes deux tickets de métro, surtout que nous avions réglé d'avance le banquet du Ritz...

— La serveuse n'a pas dû apprécier.

— Pas du tout! Elle a remis sa culotte et, le sein agressif, a crié: «Maurice!»

— Je suppose que c'est l'imposant quidam qui vous avait guidé à votre table?

— Celui-là même, vous devinez tout, chère enfant. Il m'a regardé d'un œil cruel, puis m'a saisi par la cravate et m'a soulevé de terre en prononçant, les dents serrées: «Ton portefeuille, le père!»

— Vous aurait-il violenté?

— Je ne lui en ai pas laissé l'occasion, je lui ai remis mon portefeuille. Il l'a ouvert, a examiné son contenu et a bien vu qu'il n'y avait pas d'argent. La jeune danseuse lui a dit: «Laisse-le partir, Maurice, tu vois bien que c'est un vieux con!»

— Oh!, elle vous a traité de vieux con!

— Et elle avait bien raison! Maurice m'a reposé sur le sol et m'a dit: «O.K., tu peux sacrer ton camp, mais je garde le portefeuille. Il a l'air flambant neuf et je vais le donner à mon beau-frère pour sa fête.»

— Quelle fut votre réaction?

— Que vouliez-vous que je fasse, j'ai filé sans dire un mot. N'ayant plus de ticket de métro, j'ai dû rentrer à pied.

— Vous avez marché jusqu'à Verdun?

— Oui, sous la pluie.

— Pauvre Xégaz... Mais avouez que tout cela n'est pas trop grave et que bientôt vous en rirez.

— Pas trop grave? Mais Arlène, c'est catastrophique! Il y avait dans ce portefeuille la chose la plus précieuse au monde, le secret le plus mirobolant de l'histoire de l'humanité!

q

Sur ces mots Simon Moine, le fidèle majordome d'Arlène, entre nanti d'un plateau chargé d'une théière, de deux tasses et d'une assiette remplie de Whippets croustillants. Il dépose le tout sur la table à café, puis va s'asseoir sur le fauteuil qui fait face à Xégaz. Les coudes sur les genoux, le menton appuyé sur les mains, il regarde le savant, bouche bée.

— Ne vous gênez surtout pas, Simon, lui reproche Arlène tout de même soucieuse des conventions malgré sa mansuétude légendaire envers les domestiques.

— Mais, madame Arlène, en pénétrant dans cette pièce j'ai surpris les dernières paroles de monsieur Xégaz et j'aimerais bien connaître ce «secret le plus mirobolant de l'humanité» que recelait le portefeuille de cet estimable savant.

— Je vous comprends, Simon, et je brûle moi aussi de savoir. Allons, Hippolyte, racontez-nous!

Le vieillard se penche péniblement et cueille dans l'assiette un Whippet, visiblement satisfait de constater que son chocolat n'arbore aucune de ces craquelures qui accuseraient irrémédiablement tout manque de fraîcheur. Il le mastique longuement, son râtelier ayant été rappelé momentanément par son dentiste pour vice de fabrication. La détective et son domestique attendent patiemment la fin de l'opération, soucieux d'avoir en primeur la dernière découverte du Prix Nobel de chimie ondulatoire.

— Vous connaissez la célèbre formule d'Einstein, je suppose? finit-il par émettre après s'être longuement débarrassé d'un reliquat de guimauve avec un coin de serviette Scott.

— E = mc², énonce fièrement la détective, heureuse de prouver que ses années de scolarité ne furent pas vaines.

— Oui, justement, cette formule de mon brave confrère Einstein — avec qui d'ailleurs j'échangeai quelques lancers de ballon de football sur les pelouses de Princeton — qui signifie que l'énergie est égale à la masse multipliée par la vitesse de la lumière au carré.

— Ah oui? se surprend Simon, j'ai toujours cru qu'elle exprimait plutôt l'énergie dépensée par l'effort conjugué de deux maîtres de cérémonie.

Arlène lui lance un regard furibond et le majordome croit bon de faire pardonner son ignorance en remplissant à nouveau les tasses de Salada brûlant. Imperturbable, Xégaz continue sur sa lancée:

— Cette géniale formule a ouvert le champ de la science moderne, évidemment. On lui doit principalement l'énergie nucléaire, mais aussi une foule de travaux de recherche, surtout dans le domaine subatomique. C'est incroyable la quantité de nouvelles particules qui ont été découvertes grâce à Einstein.

— En parlant de particules, remarque Simon, vous devriez utiliser Head & Shoulders!

— Plaît-il?

— Ben oui, votre veste est constellée de pellicules, professeur.

— Ça suffit, Simon, une autre interruption de votre part et je vous renvoie dans votre cuisine, lui reproche Arlène.

Xégaz a produit un calepin relié en alligator extrêmement artificiel et mouille d'une langue fébrile la mine d'un crayon fortement entamé.

— Ne morigénez point ce brave garçon, chère amie, il vient de me donner là un précieux conseil. Comment épelez-vous la marque de ce prodigieux produit, Simon?

La détective doit non seulement subir la pénible épellation, mais également en corriger les nombreuses erreurs. Xégaz finit par enfin ranger son carnet, après s'être longuement épousseté les épaules avec un tricot d'Arlène qui traînait sur le divan. L'abondant échappement d'angora qui s'en suit le rend immédiatement semblable à l'abominable homme des neiges. Imperturbable, il demande:

— Où en étais-je?

— Aux particules, cher professeur, précise la latiniste avec beaucoup d'acidité dans la voix.

— Ah! oui, et à Einstein. Bon! Eh bien, chers amis, ce doux savant était également l'homme le plus obstiné que j'aie connu. C'est une qualité essentielle aux scientifiques, mais qui parfois les empêche de voir la réalité.

— Que voulez-vous dire, Hippolyte?

— Toute sa vie Einstein ne se sera préoccupé que de la vitesse de la lumière, c'était une véritable fixation.

— Bref la lumière l'aveuglait, propose timidement Simon.

Cette fois Arlène passe outre, appréciant la repartie.

— Oui, si l'on peut dire, et même si cette passion l'a conduit à la théorie de la relativité, elle l'aura tout de même empêché de découvrir le plus important principe scientifique de l'histoire.

— Lequel? s'écrient Arlène et Simon dans un synchronisme que seule une curiosité excessivement exacerbée peut rendre si parfait.

— Je ne peux vous le dévoiler, premièrement par modestie, deuxièmement parce que c'est tout à fait confidentiel.

Arlène se lève, furieuse. Elle n'a pas subi toute cette longue attente pour se voir retirer le morceau au dernier moment. Elle tend un index menaçant vers Xégaz.

— Allons, professeur, vous ne vous en tirerez pas aussi facilement. Si vous voulez retrouver votre portefeuille et surtout le secret qu'il contient, il faut tout me dire. Vous connaissez ma discrétion légendaire, que diable! Et vous pouvez parler en présence de mon majordome qui, je vous le garantis, ne dévoilera jamais votre secret puisqu'il n'y comprendra de toute façon strictement rien, ses facultés scientifiques se résumant à la pénible addition de deux et trois font sept, n'est-ce pas, Simon?

— Ne vous moquez pas de moi de la sorte, madame Arlène, et ne croyez pas que je puisse tomber aussi facilement dans le guet-apens que vous me tendez. Je sais tout de même que deux et trois font six!

Hippolyte-Népomucène Xégaz pousse un soupir qui agite le lustre de cristal comme un ouragan les palmiers antillais.

— Soit, vous saurez tout, mais jurez-moi de ne jamais rien dévoiler de ce que je vais vous dire, car le sort de l'humanité tout entière en dépend.

— Je le jure! lancent à l'unisson Arlène et Simon, la main droite cérémonieusement tendue.

— Eh bien, voilà: si Einstein a pu élaborer sa fameuse formule $E = mc^2$, je peux, moi, vous affirmer que $T^2 = mn^2$! Ça vous en bouche un coin, non?

— Sidérant! lance Arlène en chassant d'une chiquenaude dévastratrice une miette de Whippet qui a chu sur
sa jupe.

— Vous voulez encore un peu de thé? se contente de
demander Simon.

— Oui, chers amis, Einstein a omis de s'intéresser à
une constante primordiale qui révolutionne toutes les don-
nées scientifiques: LA VITESSE DE LA NOIRCEUR!

— Diantre! émet la détective en lançant un regard
extrêmement oblique à son majordome.

— ... Ce qui me permet d'énoncer que le temps est
égal au mouvement multiplié par la vitesse de la noirceur
au carré, c'est à dire: $T = mn^2$.

— De plus en plus fascinant, remarque Arlène en se
levant pour corriger un faux pli dans son rideau plein-
jour. Si je me souviens bien, la vitesse de la lumière frise
les 300 000 kilomètres à la seconde, quelle est donc la
vitesse de la noirceur?

Xégaz laisse échapper un petit rire satisfait.

— Je vais vous étonner, mes amis: la vitesse de la
noirceur, vitesse absolue, j'entends, est égale à zéro! Je
vous avouerai que ce fabuleux résultat est le fruit d'une
longue vie de recherche, la plupart du temps penché sur
de volumineux feuillets constellés de calculs et parfois, je
l'avoue, sur l'échancrure du sarrau de Pipette, ma gracieuse laborantine.

Arlène s'est rassise, en proie à une profonde
réflexion. Elle finit par demander:

— Dites-moi, professeur, sans avoir votre génie
scientifique, il me semble que si «n», la vitesse de la noirceur, est égale à zéro, le résultat de votre équation est également zéro; donc «T» = zéro et, dites-le moi si je me

trompe, «m», c'est à dire le Mouvement, devient également nul.

Le professeur se lève d'un bond du divan et va poser un baiser retentissant sur le front de la latiniste, profitant également de l'occasion pour visionner en gros plan le prodigieux décolleté de la pulpeuse enfant.

— Ah!, Arlène, ce que vous pouvez comprendre vite! Ah!, ce que vous pouvez être géniale! Eh bien, oui, chère petite, j'ai réussi enfin à PERCER LE SECRET DES TROUS NOIRS! Voyez, je rougis d'orgueil et ma modestie en prend un sacré coup, ce qui explique ma réticence tantôt à partager cette découverte qui non seulement me fera obtenir mon second prix Nobel, mais qui me permettra surtout d'être interviewé par Pierre Pascau. Mais vous savez au moins ce que sont les trous noirs, non?

Arlène, beaucoup plus passionnée d'astronomie que d'astrologie, est fière de pouvoir répondre:

— Si je ne m'abuse, ne seraient-ils pas ces corps célestes d'une extrême densité dont l'incommensurable force de gravité leur permet de happer tout ce qui les entoure, y compris la lumière, d'où cette appellation de «trou noir»?

— Décidément vous êtes très forte, ravissante amie, et cette description, au demeurant sommaire, traduit malgré tout votre vaste culture. En effet, les trous noirs sont des aimants tellement puissants et la matière y est concentrée à un point tel que même la lumière ne peut s'en échapper. La masse d'un trou noir est gigantesque même si sa taille est insignifiante. Je peux illustrer la chose en la comparant à une balle de base-ball qui pèserait des millions de tonnes.

— Je ne vois pas encore le rapport avec votre formule et surtout avec la disparition de votre portefeuille dans un bar topless, intervient Arlène qui aime aller droit au but.

— Attendez, jeune impatiente, vous allez comprendre. Ma formule permet dorénavant d'apprivoiser le trou noir. Si nous pouvons atteindre la noirceur absolue, c'est-à-dire celle d'un trou noir, cela nous ouvre grand la porte vers l'anti-monde.

Cette fois-ci la détective a tilté et en échappe sa tasse de thé sur sa jupe signée Robichaud. Les deux hommes se précipitent pour réparer les dégâts, Simon avec un pan de sa veste rayée, Xégaz avec le tricot angora. Arlène sourcille à peine, en proie à la plus fébrile réflexion. Diantre, le professeur aurait-il percé les secrets de la plus grande énigme scientifique de l'histoire?

— Xégaz, voulez-vous dire qu'il est dorénavant possible d'explorer l'anti-monde, d'étudier l'anti-matière?.

— J'en suis convaincu, belle enfant aux nylons paradoxalement laineux. Hmm, je vois que vous avez également entendu parler de l'anti-matière, c'est bien!

— Mais c'est merveilleux, fantastique, extraordinaire, prodigieux, colossal, fabuleux, voire hallucinant, s'écrie-t-elle en secouant vigoureusement sa jupe, ce qui laisse entrevoir qu'elle n'a pas perdu l'habitude du porte-jarretelles, vu sa haine légendaire du collant trop envahissant.

— Woa les moteurs, lance un Simon Moine ahuri. J'ai beau n'être qu'un modeste majordome, mais j'aimerais tout de même qu'on m'explique cette fameuse anti-matière qui semble tant vous exciter.

Xégaz abandonne à regret les cuisses de la détective et va se rasseoir. Son naturel de professeur émérite revient à bride abattue et c'est avec le geste large et docte qu'il se met à discourir.

— Si l'on arrive à pénétrer dans un trou noir, cher Simon, on tombe dans un gouffre fantastique, une caverne prodigieuse qui nous aspire avec une force aussi inouïe qu'irrésistible. On y atteint alors ma fameuse vitesse de la noirceur et il ne suffit plus que d'une chiquenaude pour en être expulsé. Mais pas vers la sortie, non, vers l'anti-monde, là où règne l'anti-matière... Je prendrais bien un seizième Whippet, si vous n'avez pas d'objection.

Le majordome lui tend le plateau encore bien garni. Il ne comprend strictement rien, mais semble malgré tout fasciné.

— L'anti-matière, reprend Xégaz, est rigoureusement identique à la matière, mais inversée. Pensez par exemple à l'image que renvoie un miroir. Quand vous vous regardez dans une glace, cher Moine, de quel côté se trouve la verrue que vous avez là, près du nez?

Le majordome réfléchit quelques secondes, puis affirme, péremptoire:

— À gauche!

— Et pourtant elle est à droite. Un Simon Moine de l'anti-monde lui, porte une verrue à gauche et s'il se regarde dans le miroir, sa verrue semble à droite. Évidemment, Arlène fait exception puisque, comme elle est d'une beauté parfaite, l'image que lui renvoie son miroir est rigoureusement identique.

— C'est ce que vous croyez, sourit Arlène en pensant au minuscule grain de beauté qui décore l'hémisphère ouest de son mignon postérieur.

— Hélas, chère amie, n'ayant jamais eu la chance de vous contempler dans votre intégralité, je ne peux faire que des suppositions.

Simon Moine ne relève pas la plaisanterie, perplexe sans bon sens. Soudainement inquiet, il demande:

— Dites-moi, professeur, existe-il un anti-Moine?

— Bien sûr, c'est un corps simple, une espèce de métalloïde dont le numéro atomique est 51 et le symbole chimique Sb. On connaît bien, par exemple, le chlorure d'antimoine.

— Non, je veux dire: existe-t-il un anti-Simon Moine?

— Assurément, comme il existe une anti-Arlène et un anti-Xégaz. Tout ce qui existe ici-bas a son équivalent dans l'anti-monde.

Arlène, sans perdre un mot de ce qui se dit, fronce tout de même son joli sourcil droit. Il y a quelque chose qu'elle ne comprend pas.

— J'admets que votre formule est sans aucun doute géniale, Hippolyte, mais pourquoi tant vous inquiéter, même si elle est dorénavant possédée par un videur de bar. Ce Maurice qui a confisqué votre portefeuille n'attachera évidemment aucune importance à un papier sur lequel est écrit «$T = mn^2$» et qu'il a sûrement, à l'heure où nous parlons, jeté dans une poubelle.

— Peut-être, Arlène, mais il n'y a aucun risque à prendre. Qui sait s'il ne remettra pas ce portefeuille à quelqu'un d'autre et si, de fil en aiguille, ma formule ne se retrouvera pas entre les mains de chenapans à sinistres desseins?

— Bah, que voulez-vous qu'on fasse avec votre formule, sinon gagner le prix Nobel? Un voyou porteur de votre secret manquerait totalement de crédibilité... Et puis, ce secret n'est pas perdu, puisqu'il est si facile de se remémorer l'équation.

Xégaz se lève, en proie à une émotion qui le rend visiblement fébrile.

— Malheureuse, si cette formule tombe dans les mains d'un scientifique retors, notre planète est foutue!

— Vous n'exagérez pas un tout petit peu, Xégaz?

— Exagérer? Mais pensez, Arlène, que ce petit bout de papier permettrait à quiconque sait l'utiliser de connaître l'avenir avec une certitude parfaite.

— Comment ça, de connaître l'avenir, demande Simon en regardant sa montre, car l'heure du dîner approche et il faudrait bien songer à réchauffer le cassoulet.

— Le temps, chers amis, le temps! Si l'on parvient dans l'anti-monde, on connaîtra l'avenir puisque là-bas le temps s'écoule à l'inverse du nôtre. Ainsi, dans cinquante ans, l'anti-terre connaîtra la Deuxième Guerre mondiale. De la même façon, les historiens de l'anti-monde pourront nous dire ce qui nous attend, puisque LEUR PASSÉ EST NOTRE AVENIR!

— Mais c'est merveilleux, se réjouit Simon, j'ai toujours voulu savoir ce qui va m'arriver.

— Hélas, Xégaz a raison, intervient Arlène. La connaissance de l'avenir permettrait de jouer avec le destin et la vie deviendrait démentielle. Des esprits retors voudraient forcer les événements et la simple capacité de savoir d'avance ce qui va se passer leur conférerait une puissance inouïe qui pourrait être mise au service des forces du mal. Même des innocents comme vous verraient leur vie complètement perturbée. Par exemple, Simon, si vous saviez que le fils que vous n'avez pas encore assassinera dans trente ans une pauvre veuve et ses cinq enfants, accepteriez-vous de le concevoir?

— Parbleu, vous avez raison, madame Arlène, cet acte de procréation me rendrait complice de cet abject forfait. Quelle horreur!

— Vous voyez, Xégaz a raison et il faut retrouver ce portefeuille dans les plus brefs délais et je m'y emploie illico… Mais j'y pense, Simon, n'est-il pas l'heure de réchauffer votre sublime plat toulousain?

— J'y cours, madame Arlène.

Et il joint le geste à la parole, faisant chuter dans sa précipitation le plateau de Whippets sur la laine afghane du tapis.

— Vous restez à dîner avec nous, j'espère? demande Arlène à Xégaz, nous avons du cassoulet.

— Du cassoulet? Mais avec joie, j'adore péter!

q

En suivant rigoureusement les indications précises de Xégaz, Arlène n'a eu aucune peine à trouver le bar de la rue Sainte-Catherine où s'était réfugié le professeur. Le Phare du spasme est d'ailleurs tout à fait typique, avec les photos accrocheuses de la vitrine et sa moquette élimée de son long escalier puant la bière et la poussière. L'établissement est peu fréquenté par ce début d'après-midi, et l'énorme individu qui l'accueille se contente de lui indiquer une porte surmonté d'un «exit» aussi écarlate que lumineux.

— Déshabille-toé là, derrière le stage. T'as apporté ton linge de danseuse au moins? Icitte, on fournit rien! Quand tu seras prête tu me demanderas, j'm'appelle Maurice.

— Je crois que vous vous méprenez, cher monsieur, je ne suis pas venue pour auditionner comme danseuse. Oh!, je sais que je pourrais fort bien mener cette tâche et que mes appas quintupleraient le chiffre d'affaires de votre bar, mais là n'est point mon intention.

Maurice passe un doigt méfiant sur la cicatrice qui le balafre de l'occiput au tibia gauche.

— Kestu fait icitte, d'abord?

— Je suis venu vous réclamer le portefeuille que vous avez confisqué à un de mes vieux amis avant-hier soir. Vous vous rappelez? Un adorable vieillard trempé de pluie qui n'avait pas la somme nécessaire pour payer sa consommation.

L'homme la regarde d'un œil qu'un académicien-français qualifierait de torve.

— Oui, j'me rappelle. Un p'tit vieux qui voulait voir danser mes filles gratis. Ça y apprendra, le maudit vicieux!

— Combien coûte une bière dans cet établissement?

— Trois piastres, à part du tip!

Arlène fouille dans son sac Hermès et produit un billet de cinq dollars.

— Tenez, nous sommes quittes, rendez-moi le porte-feuille et n'en parlons plus.

— Son portefeuille, je l'ai plus. Je l'ai donné le soir même à mon beau-frère, pour sa fête.

— Et où habite-t-il, ce beau-frère?

Maurice éclate de rire.

— Si tu veux le rejoindre, va falloir que t'ailles à Parthenais. Il s'est fait pogner dans une descente, la nuit dernière.

— Tiens donc! Et comment s'appelle ce charmant garçon?

— C'est pas de tes affaires!

Le coup de pied est parti, vif comme l'éclair. Malgré la légèreté du Charles Jourdan, le talon aiguille a percuté la cible avec une force suffisante pour permettre à Maurice de chanter longtemps soprano dans une manécanterie. Les deux mains entre les cuisses, l'armoire à glace hurle des onomatopées où l'on devine malgré tout quelques consonances religieuses. La détective profite qu'il soit courbé de douleur pour rabattre violemment le tranchant de sa main sur sa nuque. Il s'affale à plat ventre. Bref, sa ceinture noire de judo n'est pas inutile.

— Alors, son nom? insiste-t-elle.

— Mario, Mario Zécla, finit par pouvoir émettre le bouncer d'une voix excessivement fluette.

— Merci, cher ami, vous voyez comme il est facile d'être aimable, lui lance la latiniste en quittant prestement les lieux.

q

Lino Léomme est ravi d'entendre la voix charmeuse de sa ravissante amie. Il se trémousse sur son fauteuil de moleskine comme un poisson frais pêché sur le pont d'un chalutier.

— Que me vaut l'honneur d'un si charmant téléphone, chère amie, une autre de vos excitantes aventures, je suppose?

— Tout juste, mon brave Lino, mais dites-moi, ne pourriez-vous pas baisser légèrement la sono de votre appareil radio, je vous entends très mal.

— Ce n'est pas la radio, c'est une cassette de Natha-
lie Simard, dans mon walkman.

Arlène pousse un long soupir de découragement.
Lino Léomme est bien la seule personne capable de téléphoner munie d'un casque d'écoute. Elle se contente de
remarquer:

— Seriez-vous devenu infidèle à Mireille Mathieu,
Lino?

— Que non, que non, sublime consœur, je cumule,
tout simplement. Je place toujours la divine cantatrice
française au sommet de mon palmarès personnel, suivie
de Céline Dion, bien sûr, et je l'avoue de la petite Natha-
lie qui, croyez-moi, est une excellente troisième. Mais
trêve de considérations musicales, j'exauce votre souhait
en réduisant le volume à zéro, afin d'entendre les palpi-
tants faits que vous brûlez sans doute de me narrer.

— Un simple renseignement, Lino. La police a arrêté
hier un certain Mario Zécla qui aurait, dit-on, été écroué à
Parthenais. J'aimerais connaître les circonstances de cette
arrestation et surtout savoir si l'on a trouvé sur lui, en le
fouillant, un portefeuille en crocodile recyclé. Si oui,
pourriez-vous me donner la liste des effets que cette pièce
de maroquinerie recelait?

— Mais avec plaisir, fascinante amie. Je m'informe
sur-le-champ et vous rappelle dans les meilleurs délais.

Arlène n'a même pas le temps de finir ses remercie-
ments que l'organe de la sœurette Simard reprend son
volume initial. Elle se hâte alors de poser le combiné, puis
va se faire belle, car elle déjeune aujourd'hui avec le vice-
recteur de l'Université, un vieil ami.

Le repas est fin, élégant, la conversation enjouée et
également utile, car elle y apprend que son ancien profes-

seur, le célèbre paléographe Sulpice Taurien, occupe maintenant la chaire d'Histoire universelle. Cette nouvelle assez banale en soi allume cependant une petite étincelle qui met en action les prodigieux neurones de son cerveau. Il lui faut rencontrer Xégaz au plus vite.

q

Arlène a tenu à rencontrer Hippolyte-Népomucène dans son laboratoire de Verdun, estimant que la situation est trop grave pour se contenter d'un banal restaurant. L'endroit est un véritable capharnaüm d'appareils biscornus qui feraient la joie d'un producteur de films d'épouvante. On se croirait chez le docteur Frankenstein qui aurait perdu les services de sa femme de ménage. Le métal chromé, le verre tubulaire, l'écran cathodique verdâtre, la fiole de liquide coloré, l'arc électrique étincelant et l'odeur de surchauffé abondent. Pipette, la gracieuse laborantine du professeur, conduit la détective vers une pièce vitrée sise tout au fond du labo. C'est vrai qu'elle est bien tournée cette petite et que son micro-sarrau est généreusement entrouvert, montrant sans équivoque une anatomie pulpeuse qui doit sérieusement perturber la concentration du savant nonagénaire. Xégaz, penché sur un volumineux dossier, ne s'aperçoit de leur présence qu'après un long moment.

— Vous compulsez manifestement un important rapport scientifique, cher ami? lui lance la détective en guise d'introduction.

— Ah!, Arlène, bienvenue dans mon antre! Non, j'étudiais tout simplement le manuel d'instruction du magnétoscope que je viens de me procurer. Je n'y comprends d'ailleurs strictement rien. J'ai beau peser sur la touche marquée «Play», l'écran de ce téléviseur ne montre aucune image.

Arlène se penche sur l'appareil.

— Vous avez introduit une cassette, au moins?

— Évidemment, divine créature.

— Vous avez branché le fil dans la prise murale, j'espère?

Xégaz se tape le front d'une paume humiliée.

— J'ai oublié, que c'est bête! Merci, chère amie, de me le faire remarquer... Vous voulez boire quelque chose, du thé, du café, de l'akvavit, du Perrier, du RC Cola, du curaçao, du cream-soda Denis, de l'Uzo, du lait au chocolat, de la limonade, du Château Haut-Brion, de la bière d'épinette Christin, de l'absinthe, du nectar mousseux, du Tang, de la Budweiser, de la crème de cacao?...

Arlène commence à trouver que ça fera.

— Je me contenterai d'un café, professeur.

Xégaz se tourne vers sa laborantine.

— Sers-nous donc, Pipette. Moi, je me contenterai d'un jus de pruneaux, comme d'habitude.

Pipette s'exécute en soupirant, façon de bien marquer sa désapprobation du rôle servile et dégradant que lui fait jouer son patron. Xégaz lui donne une petite tape sur les fesses pour lui remonter le moral, ce qui lui vaut une gifle retentissante qui propulse sa pipe à l'autre bout de la pièce.

— Elle ne changera jamais, remarque Xégaz hilare, toujours aussi prompte à manifester son tempérament entier. Vous savez, Arlène, que j'ai récemment demandé en mariage cette aimable enfant, mais elle ne veut rien entendre.

— Normal, professeur, vous pourriez être son arrière-grand-père!

— Et alors? Je ne vois pas le rapport. La passion n'a pas d'âge, Arlène, et cet heureux mélange de belle jeunesse et de maturité expérimentée ne pourrait être que bénéfique. Imaginez la qualité du rejeton que notre union pourrait faire naître, un petit Xégaz qui aurait mon génie et sa beauté. Je n'ai jamais eu d'enfant, Arlène, trop occupé à rehausser le niveau de la science, trop soucieux d'utiliser mon cerveau au détriment du reste de mon anatomie. Mais qu'à cela ne tienne, il n'est jamais trop tard pour bien faire!

Arlène ne peut s'empêcher de sourire. Xégaz semble vexé:

— Oh!, je sais ce que vous pensez, je vois bien la commissure de vos lèvres se soulever en signe de moquerie, bref, je devine vos doutes quant à ma capacité de mener à bien cet exercice de reproduction. Laissez-moi vous rassurer en vous prouvant hors de tout doute que je suis encore vert. Tenez, étendez-vous là!

Et d'un geste large, Xégaz libère son pupitre de tout ce qui l'encombre: papiers multiples, stylos-billes, crayons plus ou moins grignotés, magnétoscope, téléviseur Trinitron, bandes élastiques diverses, brocheuse, trombones de toute taille, sandwich au smoked meat peu entamé, tasses de polystyrène, exemplaire de *Clin d'œil*, *Petit Robert* et gros *Larousse*, dégrafeuse, lunettes à quadruple foyer, *Journal de Montréal*, walkman hydrofuge, pot de fougère, ciseau à ongles, pantoufles fourrées, l'œuvre complète de Proust, lampe de poche, barre Mars, aiguisoir électrique, photo dédicacée de Roch Lasalle, carte Orange, chandail du Canadien et casquette des

Expos. Le tout choit sur une moquette qui n'en demandait pas tant.

— Qu'est-ce à dire? veut savoir Arlène soudainement inquiète.

— Oui, étendez-vous sur ce pupitre, dubitative amie, afin que je vous honore vigoureusement de ma virilité. Je vais vous gratifier d'une «Épinette en folie» et d'un «Bec Bunsen incandescent» du meilleur aloi et dont vous vous souviendrez longtemps!

— Non merci, Xégaz, répond la détective épouvantée, je vous crois sur parole.

Sur ce, Pipette arrive avec les boissons, qu'elle dépose gentiment sur le pupitre libéré. Le professeur soupire de résignation, puis se console en vidant son jus de pruneaux d'un trait. Arlène en profite pour entrer dans le vif du sujet et lui raconte sa visite au Phare du spasme et son téléphone subséquent à Lino Léomme.

— Cet excellent lieutenant vous a t-il rappelée? demande Xégaz, en massant un abdomen déjà perturbé par le liquide récemment ingurgité.

— Oui, et j'ai de fort mauvaises nouvelles: Lino s'est immédiatement occupé d'en savoir plus sur l'héritier de votre portefeuille, Mario Zécla, écroué à la prison Parthenais. Hélas, cet individu s'est pendu dans sa cellule hier soir et la police n'a pas retrouvé ni sur sa personne ni chez lui le portefeuille tragique. Il a dû le remettre à quelqu'un d'autre avant d'être arrêté, mais allez donc maintenant savoir à qui, puisque Zécla n'est plus de ce monde.

Xégaz se ronge les ongles jusqu'à l'épaule de dépit inquiet.

— On a arrêté ce Zécla lors d'une descente, m'avez-vous raconté, en connaissez-vous les circonstances?

— Oui, et c'est ce qui me préoccupe au plus haut point. Mario Zécla fut interpellé à l'occasion d'un raid dans une maison de débauche.

— C'est assez banal, et ma foi assez plaisant, non? souligne Xégaz qui décidément ne pense qu'à ça. Pourquoi alors en être préoccupée?

— Parce que ce bordel, vicieux ami, servait surtout de source de revenus pour financer un mouvement néonazi. L'affaire ne relève plus du fait divers mondain, mais de la politique, Xégaz, et cela me consterne au plus haut point.

— Je ne comprends toujours pas votre inquiétude, avoue le professeur dont les borborygmes rivalisent de décibels avec le DC-9 d'Air Canada qui survole Verdun.

Arlène se voit obligée de hurler:

— Zécla aura sûrement remis votre portefeuille à un complice qui, en le fouillant, y a découvert sans aucun doute votre carte d'assurance-maladie et, partant, votre identité. Votre réputation de savant mettra sûrement la puce à l'oreille au forban, qui transmettra alors sa trouvaille en haut lieu nazi. J'ai même l'impression que c'est déjà fait et que Zécla, visiblement kamikaze fanatique, a reçu l'ordre de brouiller les pistes en se pendant dans sa cellule plutôt que de risquer de dévoiler le pot aux roses dans un éventuel moment de faiblesse. Bref, votre formule est peut-être déjà tombée dans les mains de quelque savant et…

— N'en dites pas plus, Arlène, je vois que la situation est critique. Si jamais ma fabuleuse équation est lue par un teuton fasciste, c'en est fait de la sécurité de l'Occident. On sait à quel point les Germains sont de brillants scientifiques, il n'y a qu'à rouler dans leurs Mercedes,

Audi ou BMW pour s'en convaincre... Mon Dieu, qu'allons-nous faire?

— J'ai la solution, Xégaz, mais il n'y a pas une minute à perdre. C'est pourquoi je suis venue vous voir.

— Vous avez déjà la solution? s'étonne le professeur ravi.

— Oui, et elle est toute simple: comme il est rigoureusement impossible de savoir où se trouve votre portefeuille, je vais l'aller récupérer au seul endroit où j'ai une chance de l'apprendre.

— Où, en Allemagne, je suppose?

— Non, dans l'anti-monde!

q

C'en est trop! Xégaz n'a qu'une réaction, celle de courir vers les toilettes pour soulager un côlon malmené non seulement par le jus de pruneaux, mais surtout par la décision d'Arlène. Il revient au bout de quelques minutes, le teint aussi blême qu'une neige fraîchement tombée dans l'Antarctique.

— Vous n'êtes pas sérieuse, Arlène, vous voulez aller dans l'anti-monde? Là où règne l'anti-matière?

— Est-ce possible, Xégaz? demande Arlène fébrile sans bon sens.

— Euh... je crois que oui, mais j'avoue que ma formule est purement théorique et que je n'ai pu encore en vérifier la justesse.

— Décidez-vous, Hippolyte, T égale-t-il mn^2 ou pas?

Xégaz semble piqué au vif.

— Douteriez-vous de mon génie, Arlène? Si oui, vous me peinez considérablement. Dis-lui, Pipette, dis à madame Supin que ma formule est sans reproche.

La gracieuse laborantine se contente de hausser les épaules.

— Bof, vous savez, moi, je ne suis ici que pour laver la vaisselle.

— Honte à toi, ingrate Pipette, s'écrie le savant en rallumant la pipe qu'il est allé ramasser. Non seulement tu es la meilleure assistante — et la plus jolie, j'en conviens — que j'aie jamais eue, tu es également l'un des plus forts esprits scientifiques de ta jeune génération. Si ce n'avait été de ta collaboration indispensable et dévouée, je n'aurais jamais inventé la lampe de poche-revolver, le frein à disque compact, la Cuvée des Patriotes instantanée, la transmission au plafond, le plat de lentilles à zoom variable, le charbon du Trésor, le vibrateur au butane, la truite de corset (entre parenthèses beaucoup plus délicate, mais beaucoup plus efficace que la baleine), le rasoir à lame sœur, la mort au raz-de-marée, la scie musicale transistorisée, le fil d'Ariane en fortrel, le godendart électronique, le sélecteur de canal Lachine et le panneau routier en braille. Je te dois également d'avoir pu perfectionner le frigo à dégivrage manuel, le filet de gardien de but en laine du pays, le point de mérite pour bon conducteur, le remonte-pente électoral et le sac à ordures jaune canari — j'admets cependant que celui de mon brillant confrère, Alfred Saquevair, est supérieur au mien. Ta perspicacité m'a également permis de mettre au point l'audiocassette 33 tours, la guitare à pédale, le TGV (train à grande vapeur), l'œuf à la coke, le strapontin d'Académie, le ruban dégommé et le poêle à combustion vertigineuse. Bref, chère Pipette, tu m'es d'une précieuse utilité et je ne sais pas ce que je ferais si je ne t'avais pas.

Rose de confusion devant cet hommage aussi sincère que grandiloquent, l'assistante de Xégaz avoue:

— Ne doutez point du professeur, madame Supin, je suis certaine que sa formule est exacte. Pour la prouver, il ne reste plus qu'à l'essayer.

— Mais qu'attendons-nous? demande la latiniste au paroxysme de l'impatience. S'il me faut aller à Cap Canaveral pour m'envoler vers l'espace, y a rien là! Je connais intimement la plupart des astronautes, qui accepteront sûrement de me faire une petite place dans leur engin. Je suis même résignée à les laisser profiter honteusement de la promiscuité inhérente à l'exiguïté de la cabine du vaisseau spatial. S'il le faut, je porterai le petit short rose ultra-sexy que je me suis acheté la semaine dernière au Carrefour Laval...

Xégaz laisse tomber ses lunettes sur le bout de son nez et regarde sa jeune amie d'un air réprobateur.

— Point besoin de sacrifier votre honneur, Arlène. Il n'est pas nécessaire d'aller dans l'espace pour atteindre l'anti-monde.

— Mais pourtant, je croyais... Les trous noirs ne se trouvent-ils pas aux confins de lointaines galaxies?

— Oui, mais on peut facilement les recréer sur terre, même ici, dans mon laboratoire.

Arlène ouvre des yeux grands comme les anneaux de Saturne.

— Un trou noir dans votre laboratoire? Mais ne craignez-vous pas qu'il happe, tel un incommensurable aspirateur, tout ce qui nous entoure? Ce laboratoire? La ville de Verdun, voire Montréal tout entier? Notre volubile maire ne serait pas content.

— Tout est question de dosage.

— Alors mettez-vous au travail, Hippolyte, le temps presse.

— Mais l'expérience est bien trop dangereuse, mon enfant. Vous imaginez-vous dans cet anti-monde auquel nous ne connaissons strictement rien, où le temps s'écoule à l'envers, où les aiguilles des montres tournent en sens contraire?... Et puis, si je parviens à vous propulser dans cet éther inconnu, comment allez-vous en revenir? Hein? Hein? C'est une bonne question, non?

— À laquelle j'ai réponse immédiate, professeur. Je sais qui, là-bas, m'aidera à revenir.

— Qui, grands dieux?

— L'anti-Xégaz, voyons!

Le savant demeure un instant interloqué, puis se met à exécuter une gigue effrénée. Il est littéralement ivre de joie.

— Mais vous avez raison, géniale déesse, j'aurais dû y penser. Ah!, quel moment palpitant, l'anti-matière est à nous! Venez que je vous embrasse, mes amies!

Et il saisit les deux jeunes femmes par la taille et dépose dans leur cou d'innombrables et sonores baisers. Avant qu'il ne profite trop de la situation, Pipette et Arlène se dégagent prestement, l'une filant chez Jean Coutu pour y renouveler son vernis à ongle, l'autre choisissant de s'asseoir dans un divan passablement éventré qu'elle a préalablement débarrassé d'une impressionnante collection de vieux *Playboy* dérobés chez le barbier du coin. Résigné, Xégaz va alors déplacer un vaste panneau de contre-plaqué appuyé sur un mur et ouvre la porte qu'il dissimulait.

— Venez voir, Arlène, j'ai mis au point mon «cabinet noir».

La détective s'approche, curieuse sans bon sens.

— Vous ne croyez pas si bien dire, admet-elle avec un peu de surprise dans la voix.

— Cette cuvette d'aisance vous surprend, n'est-ce-pas? Il faut dire que cette petite pièce servait jadis de toilette, mais je l'ai entièrement transformée. Le plancher, les murs et le plafond sont suspendus à des ressorts d'une extrême flexibilité. Voulant cependant joindre l'utile au génie, j'ai conservé cette cuvette en remplaçant sa tuyauterie par des boudins cannelés d'une prodigieuse souplesse. Bref, ce cabinet est tellement sensible qu'il pourrait servir de sismographe. D'ailleurs, voyons voir!

Il va ouvrir un tiroir de son pupitre et revient aussitôt nanti d'une balle de ping-pong.

— Surveillez bien, Arlène, l'aiguille de ce vibromètre, oui, ce cadran, juste au-dessus de la chasse d'eau. Je vais laisser tomber cette balle de ping-pong sur le plancher et notez bien la lecture.

Aussitôt dit, aussitôt fait. La balle de ping-pong effleure à peine le sol que l'aiguillle se met à s'agiter comme une folle.

— Huit virgule trois! s'écrie Arlène.

— Vous voyez, ce faible choc est pour ce cabinet l'équivalent d'un séisme de force huit virgule trois à l'échelle Richter. C'est comme s'il venait de subir le tremblement de terre qui rasa San Francisco en 1906.

— Incroyable! admire Arlène. Mais ça sert à quoi, cette bécosse élastique?

— Allons, Arlène, remisez un moment vos sarcasmes et entrez avec moi dans ce cabinet... Bon, fermons maintenant la porte. Vous verrez, son étanchéité est parfaite. La preuve, je ferme la lumière...

— L'obscurité est en effet totale, Hippolyte, je n'aperçois que le rougeoiement de votre pipe.

Elle sent soudainement des mains farfouiller sous sa jupe.

— Voulez-vous bien me lâcher, vieux cochon!

— Excusez-moi, jeune amie, l'occasion était trop belle. Vous savez sans doute l'énorme kick que j'ai sur vous et ma passion a eu raison de la mienne, si je peux paraphraser Ponson du Terrail.

Une lumière cruelle éclaire soudain la scène. C'est Pipette qui, revenue de chez Jean Coutu, a ouvert la porte. Elle lance un regard oblique à la détective qui remet en hâte de l'ordre dans sa tenue et demande à Xégaz:

— Vous avez besoin d'une lance d'arrosage, prof?

— Pourquoi donc, ma toute belle?

— Vous paraissez en chaleur sans bon sens!

— Une simple bouffée, mon adorée. On crève dans ce cabinet exigu.

La laborantine profite de la confusion de son patron pour lui demander une faveur:

— J'ai mon cousin de Boston qui est à Montréal, il m'attend dans un motel du boulevard Taschereau. Puis-je avoir l'après-midi libre pour renouer des liens familiaux maintenus lâches trop longtemps?

— Va, ma petite, tu es libre... et salue bien bas cet excellent fils de tante de ma part.

Pipette lance un clin d'œil complice à la détective et s'esquive aussi vite que votre beau-frère quand vous lui avez demandé de vous aider à déménager le piano, le premier juillet dernier. Xégaz, imperturbable, revient à ses moutons.

— Voilà, délicieuse quoique farouche amie, votre trou noir. Qu'en dites-vous? Épatant, non?

La détective élève son sourcil gauche de plusieurs centimètres.

— Quoi, professeur, ce cabinet à spring suffit pour se rendre dans l'anti-monde? Tout ça ne me paraît pas très sérieux. Entre vous et moi, je préférerais autre chose, même Nationair!

— Laissez-moi vous expliquer, dit Xégaz. Pour re-créer l'effet d'un trou noir, il suffit d'obtenir non seulement le noir total, mais également l'immobilité totale. C'est la raison pour laquelle j'ai perfectionné ce cabinet ultrasensible. Il suffit qu'un corps vivant s'y immobilise totalement, c'est-à-dire qu'il atteigne le mouvement zéro absolu, pour que ma formule s'avère. Évidemment, le tout est complètement hypothétique puisque personne jusqu'ici n'a pu prétendre à l'immobilité totale, à moins d'être en état de *rigor mortis,* ce qui, en plus d'être malheureux, interdit tout espoir de renaître dans l'autre monde, même l'anti-monde. Comme vous voyez, Arlène, la théorie et la pratique seront toujours de cruelles antagonistes et je dois reconnaître que mon projet risque de demeurer utopique fort longtemps.

— Mais professeur, vous devriez savoir qu'il m'est excessivement facile d'atteindre ce mouvement zéro. Vous oubliez sans doute que je fus fréquemment modèle pour les plus grands peintres et que j'ai appris à poser sans bouger pendant des heures.

— C'est juste, je l'oubliais. J'ai pourtant un tableau signé Marc-Aurèle Blockhaus qui vous représente en Diane chasseresse, le clou de ma collection.

— Je m'honore en effet d'illustrer les toiles des plus grands: Sir Raugh, le pointilliste anglais; Pablo Piquassiette, le cubiste espagnol; Auguste Revert, l'impressionniste français; Vincent Van Gogo, le fabuleux coloriste, celui qui est dur d'oreille, mais dont la spatule tranche dans le vif du sujet, ainsi que Jérôme Chleuh, l'Allemand taciturne. Tenez, pas plus tard que le mois dernier, j'ai posé pour Léonard Devinçy, le génial pompier.

— Quoi, vous traitez l'art du grand Léonard de pompier? Vous me décevez, Arlène.

— Ben non, grand épais, je veux parler de Léonard Devinçy, un pompier de la caserne de mon quartier qui, entre deux incendies ou durant le week-end, brosse de remarquables natures mortes. Bref, professeur, je peux atteindre en quelques minutes, voire secondes, l'immobilité totale!

— Bravo, Arlène! Il ne vous reste plus qu'à vous enfermer dans ce cabinet. Allez, hop!

— Quoi? Tout de suite, et dans cette tenue? Vous n'y pensez pas, professeur?

— Mais vous êtes parfaite comme vous êtes. Votre jupe Balmain est ravissante, votre chemisier Courrèges sublime et, j'ai cru le deviner tantôt, vos dessous affriolants comme toujours. Que voulez-vous de plus?

— Vous avez raison, j'y vais! *Alea jacta est!*, le short en est jeté! comme aime dire Jean Daunais, l'auteur-ami de mes ouvrages passionnants.

Et Arlène entre résolument dans la toilette et, faute de siège plus confortable, s'assoit sur la cuvette. Xégaz referme soigneusement la porte.

— J'espère que le voyage ne sera pas trop long, professeur, sinon je risque de bientôt manquer d'air dans ce cagibi étanche, crie Arlène à travers la cloison.

— C'est pourquoi il vous faut atteindre l'immobilité totale le plus tôt possible. Cessez de parler et concentrez-vous, Arlène, pendant que je ferme la lumière pour être sûr que le noir soit complètement à zéro... Tout va bien?

— Tout va bien! répond crânement Arlène, dont le cœur bat encore trop vite.

— Eh bien, parfait, moi je m'en vais. Revenez-nous vite, chère amie.

— Quoi? Vous m'abandonnez, professeur?

— Il le faut, chère petite, c'est l'heure de ma partie de bowling hebdomadaire et comme je suis capitaine de mon équipe, je me dois d'être ponctuel.

Et la divine latiniste entend les pas de Xégaz qui s'éloignent, la porte du laboratoire qui se referme... Elle reste toute seule dans le cabinet noir, désespérément seule...

Elle éclate de rire soudainement. Le ridicule de la situation lui saute aux yeux comme votre pitbull sur le facteur: voyager vers l'anti-monde assise dans une chiotte de Verdun! Elle est devenue cinglée ou quoi? La caméra de *Surprise sur prise* s'en donne sans doute à cœur joie et dans un instant la porte va s'ouvrir et le moustachu faciès de Marcel Béliveau va sûrement apparaître. Ce qu'elle peut encore être naïve, parfois!

Puis le doute s'installe. Si Xégaz avait raison, s'il restait un atome de possibilité? Curieuse sans bon sens, il lui faut au moins essayer le tout pour le tout et la voilà bientôt qui prend tant bien que mal la position du yoga. Le silence est total et pas un millimètre de son anatomie ne bouge. Le rythme de sa respiration, tantôt presque haletant, est devenu imperceptible, à tel point qu'elle sombre soudain dans un évanouissement survenu sans crier gare ni même terminus.

Il est heureusement passager, car elle ouvre bientôt les yeux et revient à la sombre réalité de la noirceur totale qui l'entoure. Ouais, ce jeu de plus en plus stupide devient dangereux, car elle risque de bientôt étouffer. Elle tend la main, trouve la poignée de la porte et ouvre largement. Finies les folies, comme disait Pierre Elliott, il est temps de revenir aux choses sérieuses, c'est-à-dire d'aller mijoter dans l'eau brûlante et parfumée de Bal à Versailles de sa baignoire.

Elle quitte le laboratoire après avoir tout de même vérifié que toutes les portes et fenêtres étaient verrouillées, car si Xégaz est devenu un sénile farfelu, elle ne désire tout de même pas qu'on cambriole son bien le plus précieux: la collection complète des affiches électorales de Réal Caouette.

L'air extérieur lui fait du bien et finit de la ragaillardir. Elle marche alors jusqu'à la rue Bannantyne et hèle un taxi.

q

— Sherbrooke et Peel! lance-t-elle au chauffeur visiblement natif de Port-au-Prince.

Celui-ci se retourne, l'œil un tantinet surpris.

— Nodrap? dit-il.

Arlène sourit. Cet aimable conducteur doit être arrivé de fraîche date puisqu'il semble encore préférer son créole natal à la divine langue de Molière ou de Michel Tremblay.

— Sherbrooke et Peel, édifice Le Cartier, précise-t-elle

— Sap sdnerpmoc suov en ej siam, iom-zesucxe, insiste le chauffeur.

Au lieu de faire signe de stopper la voiture et de débarquer en claquant la porte et en hurlant que c'est-y-effrayant-ces-maudits-importés-qui-savent-pas-un-maudit-mot-de-français-pis-qui-viennent-prendre-nos-jobs-pendant-que-le-pauvre-monde-est-en-chômage, Arlène se penche et examine l'individu sidéré. Elle aurait juré qu'il était haïtien, mais il doit évidemment venir d'une tribu africaine fort peu connue.

— Emad etitep am suov-zedicéd! ajoute l'homme avec un soupçon d'impatience dans la voix.

Arlène est devenue aussi blanche qu'un signe des temps... euh, qu'un cygne d'étang. Comme elle est la plus célèbre linguiste de la planète, elle vient de comprendre ce que lui dit le chauffeur impatient, et ce n'est pas le patois du Basutoland septentrional qu'elle perçoit, mais du français PRONONCÉ À L'ENVERS! Du français prononcé de droite à gauche, si l'on peut dire, comme on lirait une phrase écrite FACE À UN MIROIR! Non, est-ce possible? Serait-elle, oui vous l'avez deviné, serait-elle DANS L'ANTI-MONDE?

— Leep te ekoorbrehs! lance-t-elle, d'une voix claironnante.

— Tôt port sap tse'c! répond le chauffeur qui démarre en coup de vent, obligeant ainsi un ecclésiastique octogénaire à traverser la rue coudes au corps pour ne pas être happé par la soudaine manœuvre.

La détective n'en revient pas. Ce vieux fou de Xégaz ne l'est pas tant que ça, puisque la voilà au pays de l'anti-matière. Elle tâte le tissu de la banquette, qui semble rigoureusement identique à celui de n'importe quel taxi de

Montréal. Tout ça est encore difficile à croire et elle se pince vigoureusement une cuisse, façon de savoir si elle rêve. La cruelle douleur lui prouve le contraire alors que le taxi grimpe vers la Place Ville-Marie qui, mon doux Seigneur, est À GAUCHE de la Place Westmount Square.

La voiture s'arrête à un feu rouge et elle en profite pour lire le nom de la rue sur le panonceau fixé à un lampadaire: Euqsevél-Éner luob! Boulevard René-Lévesque! Eh bien oui, la voilà à Laértnom, la deuxième plus grande ville française de l'anti-monde! Ce n'est pas croyable!

Heureusement, sa qualité de super-linguiste lui permet de facilement comprendre et parler cette langue absolument rébarbative et elle note mentalement qu'il faudra permettre au chroniqueur de ses exploits, l'auteur du remarquable ouvrage que vous lisez présentement, d'écrire l'anti-français comme du français régulier, sinon le pauvre va devenir fou et ses lecteurs vont lui préférer Proust, bien que ce dernier, vous l'admettrez, soit beaucoup moins rigolo.

Elle règle la course en dollars métalliques, en espérant que le chauffeur ne remarque pas que la Reine y regarde à droite plutôt qu'à gauche*. Heureusement l'homme empoche le tout sans vérifier et la voilà bientôt dans le hall d'entrée de son immeuble. Elle parcourt pour la forme la liste des locataires sur les casiers postaux et n'est pas surprise d'y apercevoir son nom. Quelle horreur, pense-t-elle, ici je m'appelle Enèlra Nipus!

Un ascenseur véloce la propulse rapidement au vingtième étage et elle s'avance vers la porte de son apparte-

---

* Ici, une petite pause pour vous permettre de plonger dans votre poche ou votre sac afin de vérifier.

ment. Elle hésite un moment. Qui va donc l'accueillir derrière cette porte, Enèlra Nipus? Sans plus s'émouvoir, elle produit sa clef qui, elle, ne produit aucun effet. Elle pense alors de la tourner à droite plutôt qu'à gauche et le tour est joué. Elle ouvre et entend aussitôt la voix de Simon Moine.

— C'est vous, madame Enèlra? Où étiez-vous donc? Vous êtes partie sans me laisser vos coordonnées.

— Je suis allée faire quelques courses, cher Simon, puis je suis allée rendre visite à mon ami Xégaz.

Le majordome la regarde avec un drôle d'air. Arlène sourit en remarquant qu'il se coiffe avec la raie à droite et qu'il porte sa chevalière à la main gauche.

— Que se passe-t-il, madame Enèlra, vous m'appelez Simon? et vous revenez de chez... euh, Xégaz?

La latiniste vient de gaffer. Il lui faudra être prudente si elle ne veut pas méduser ceux qui la prennent pour Enèlra Nipus et devra manœuvrer délicatement, car la moindre erreur peut être fatale. Elle bénit les cieux cependant en constatant que la vraie Enèlra est absente, ce qui lui permet de gagner du temps.

— Excusez-moi, Nomis, je déparle aujourd'hui.

— Et comment va ce cher professeur Zagex?

— Comme d'habitude, toujours un peu cinglé. Qu'avons-nous pour dîner ce soir?

— Mais du cassoulet, il sera prêt dans une couple d'heures. Vous ne sentez donc pas son délicieux arôme?

— Encore? Mais c'est ce que nous avons mangé hier soir.

Eniom sursaute.

— Vraiment ça ne semble pas aller, madame Enèlra, hier nous avons mangé du pâté chinois!

Arlène grimace. Une autre erreur! Décidément, la tâche ne sera pas facile. N'osant pour l'instant ajouter un mot qui risquerait de la compromettre, elle va dans sa chambre ou plutôt dans celle d'Enèlra Nipus. Puisque sur terre son lit est rigoureusement centré, elle s'y reconnaît aussitôt, mais ce qui l'agace, c'est que la commode est à gauche plutôt qu'à droite et que la Seine coule vers l'est sur le Bernard Buffet qui orne le mur d'en face. Le tout est un tantinet angoissant et elle chasse la mauvaise impression en allant se faire couler un bain. Elle regrette vivement d'être partie sans bagages en apercevant, suspendue au porte-verre, la brosse à dent d'Enèlra. L'anti-monde a tout de même ses limites et elle devra se contenter du fil dentaire et de la bouteille d'Eniretsil. Elle plonge dans l'eau savonneuse, s'y étend lascivement, comme d'habitude, puis se met à réfléchir. C'est bien beau tout ça, mais elle n'est pas venue ici que pour admirer d'étranges asymétries, elle doit retrouver le portefeuille de Xégaz. Comment procéder dans ce monde où tout est pareil, mais rien n'est semblable? Avant tout, il lui faut s'acclimater rapidement et la seule personne qui peut lui donner le mode d'emploi de ce monde à l'envers, c'est Sulpice Taurien, le grand historien!

Après s'être vigoureusement épongée, elle retire le bouchon de la baignoire et regarde patiemment l'eau se vider, heureuse de voir enfin un vortex qui tourbillonne dans le sens contraire des aiguilles d'une montre, ce qui lui évite la peine de courir jusque dans l'hémisphère austral pour jouir du spectacle.

Revenue dans sa chambre, elle choisit dans la penderie l'une de ses plus jolies robes, celle qui, lignée verticalement, ne risque pas de la déconcentrer. Elle a même la présence d'esprit de mettre sa montre au poignet droit, afin de ne point perturber ce brave Nomis, qu'elle rejoint bientôt courageusement, en contemplant la perspective d'une seconde journée de cassoulet.

Le repas se déroule assez joyeusement, son majordome narrant d'abord avec verve l'aventure qu'il a vécue un trop bref moment avec une accorte syndicaliste de la NSC, puis lui faisant ensuite une exhaustive lecture du Odbeh VT.

— Belle soirée en perspective, madame Enèlra, vous avez le choix entre Edarpal Egres et Dnartreb Ettenaj!

— Je crois que je vais me contenter d'un bon livre, mon cher Nomis, mais auparavant il me faut rejoindre mon vieux professeur d'histoire, Neiruat Eciplus. Auriez-vous l'obligeance de me l'appeler au téléphone?.

Nomis s'exécute avec toute l'obséquiosité empressée d'un domestique de qualité et Arlène a bientôt le savant au bout de la ligne.

— Monsieur Neiruat? Ici Nipus Enèlra, comment allez-vous cher professeur?

— Je vais très bien, répond une voix extrêmement gutturale, mais qui est donc à l'appareil?

— Nipus Enèlra, votre ancienne élève!

— Nipus Enèlra? Non, je ne vois vraiment pas. Et pourtant, en tant qu'historien, j'ai une mémoire phénoménale. Vous devez faire erreur, chère madame.

Arlène s'arrache presque les cheveux de dépit. Elle a encore gaffé. Bien sûr, le Sulpice Taurien de l'anti-monde ne peut pas se rappeler d'elle puisqu'IL NE LUI A PAS ENCORE ENSEIGNÉ. Désespérée de sa maladresse, elle a tout de même le cran de poursuivre.

— À tout événement, cher professeur, auriez-vous l'amabilité de me recevoir?

— C'est à quel sujet?

Arlène n'aime pas mentir, mais elle n'a aucun goût de fournir de longues explications. Elle préfère donc l'expédient:

— Je travaille à une recherche, assez savante ma foi, sur la carrière des meilleurs professeurs de l'Université et comme vous êtes une sommité de la faculté, le plus grand historien de sa génération et un auteur dont la plume suscite l'admiration des plus fins lettrés, vous aurez évidemment une place de choix dans cet ouvrage.

— Mais avec joie, chère enfant. Comment en effet ne pas acquiescer à la demande d'une aussi aimable personne dont les goûts littéraires sont si justes et si pertinents. Merci de me prêter une attention aussi bienveillante pour laquelle je vous serai éternellement reconnaissant. Quand voulez-vous passer à mon bureau, chère madame?

— Le plus tôt sera le mieux. Pouvez-vous me recevoir demain matin, vers dix heures?

— Dix heures? Demain matin?

— Euh, je veux dire deux heures, corrige Arlène qui se souvient tout à coup que l'horloge anti-mondiale est différente.

— Soit! Deux heures, à mon bureau de l'Université de Laértnom. Mais soyez exacte, hein, car j'ai mon Sulituan à une heure et comme j'ai encore quelques kilos à perdre, il ne faudrait pas que je passe outre.

— Promis, cher monsieur, à demain!

— Vous voulez dire «à hier», étrange personne.

— Oui, c'est ça, à hier, professeur!

Et elle raccroche, terriblement confuse.

q

Un taxi dépose Arlène en face de l'Université. La
symétrie architecturale de l'institution de haut savoir la
rassure un peu et c'est avec bonne humeur qu'elle escalade les marches de l'entrée d'honneur. Elle n'ose présenter son bristol, dont le texte étrange risquerait d'émouvoir
le commis à la réception, et s'annonce verbalement. Le
gardien lui indique la route à suivre et la voilà qui déam-
bule d'un pas ferme sur le terrazzo des longs corridors.

— Enèlra, chère amie, comment allez-vous? Seriez-
vous à l'Université pour donner un cours sur Norécic ou
ce brave Enilp, jeune ou vieux?

La détective se retourne et reconnaît son ami le vice-
recteur, qui s'empresse de lui baiser la main avec l'élégance grand siècle qui le caractérise. Ils échangent les
amabilités d'usage saupoudrées d'humour et se quittent à
regret en se promettant de déjeuner ensemble très bientôt.
Elle va ensuite frapper à la porte du bureau de Taurien.
Celle-ci s'ouvre largement, découvrant un géant de deux
mètres totalement chauve, mais garni d'une immense
barbe dont l'hirsute surprend. L'homme ajuste ses
lunettes trifocales sur un nez visiblement rougi par un
demi-siècle d'apéros quotidiens et s'exclame:

— Diantre, chère madame, je n'avais pas fait la rela-
tion au téléphone, ne seriez-vous pas la célèbre détective
Enèlra Nipus, l'également doctoresse en linguistique,
cette science ingrate qui emmerde, le mot n'est pas trop
fort, une vaste portion de la population estudiantine? Si
oui, sachez que vous êtes divinement belle et je rends
grâce au ciel d'avoir accepté ce rendez-vous intempestif.

— Oui, professeur, et merci de m'accueillir si gentiment. Et laissez-moi vous renvoyer l'ascenseur en constatant que vous me paraissez dans une forme superbe, si l'on fait exception de votre timbre sonore qui trahit sans doute un mauvais rhume.

— Tut, tut, ravissante flatteuse, je suis beaucoup trop gros, moi qui fus jadis mince, voire svelte, n'ayant déjà pesé que soixante kilos virgule quatre. Aujourd'hui ma balance gémit sous les cent trente kilos que je lui fais subir chaque matin, d'où cette nécessité d'agiter fréquemment poids et haltères pour combattre l'envahissement de calories tenaces. Merci en passant de vous préoccuper de ma santé, mais cette voix rugueuse n'est pas due à un influenza, je la dois plutôt à de trop nombreux appels d'orignal. Vous savez sans doute que la chasse est ouverte et que ma passion pour ce cervidé ne se dément pas depuis bientôt cinquante ans. Que voulez-vous, j'imite admirablement le chant — oui, le chant — de l'orignal et ce don me vaut non seulement des cordes vocales abîmées, mais également des prises fabuleuses qui décorent admirablement le capot de ma Lager Kciub... D'ailleurs, laissez-moi vous gratifier d'un échantillon: «Aohan, aohan, aohanhanhan...» Mais je brame, je brame et oublie de m'enquérir de l'objet de votre appel. Puis-je vous être utile, chère latiniste dont je lis les exploits avec un plaisir toujours renouvelé?

Arlène, un moment interdite, pose ses jolies fesses sur la moleskine d'un profond fauteuil et se relève aussitôt en poussant un petit cri.

— Pardonnez mon étourderie, belle enfant, j'avais oublié de débarrasser ce fauteuil du calcanéum de Cro-Magnon qui l'encombre.

Il pose l'os sur le clavier de son Macintosh, produit un vaste mouchoir et entreprend d'époussetter soigneusement le coussin.

— Voilà qui est mieux, dit-il, satisfait de l'opération. Vous prendrez bien un café, madame?

La latiniste accepte distraitement. Elle a l'indéfinissable impression que quelque chose cloche, mais quoi au juste? Elle poursuit tout de même sa démarche.

— Vous savez, professeur Neiruat, que...

— Appelez-moi Eciplus, voyons, j'ai horreur des titres... Je n'ai que du Aknas, ça ira?

— Oui, merci. Je dois d'abord vous avouer, Eciplus, que j'ai sollicité ce rendez-vous sous de fausses représentations.

— De fausses représentations? Qu'est-ce à dire? s'inquiète le savant.

— Asseyez-vous, Neiruat, car ce que je vais vous dévoiler risque de vous couper les jambes.

Le docte barbu obtempère aussitôt, le sourcil dubitatif mais tout de même curieux.

— Je ne suis pas Enèlra Nipus, je m'appelle Arlène Supin et je suis une femme du monde.

— Mais je n'en doute pas un instant, chère amie.

— Je veux dire que je suis une femme de votre antimonde. Je suis faite d'anti-matière et j'émane d'un trou noir. Ça vous en bouche un coin, non?

Neiruat Eciplus ouvre le tiroir de son pupitre, en extirpe un coupe-ongles et procède à l'ablation d'un millimètre de son index gauche. Arlène est obligée de constater qu'elle a totalement raté son effet et que l'historien doit être nul en science. Pour le convaincre il lui faut donc utiliser les grands moyens.

— Vous ne comprenez pas grand-chose à ce que je vous dis, n'est-ce pas?

— J'admets que vous êtes sibylline sans bon sens, chère madame.

— Soit, veuillez composer le 1234-222 et demander à parler au professeur Etyloppih-Enècumopén Zagex.

— Zagex, le célèbre prix Lebon?

— Celui-là même! Il saura beaucoup mieux que moi vous expliquer le sens de mes paroles.

— Soit, je l'appelle.

Et le professeur presse de son index fraîchement manucuré quelques touches de son appareil.

— Professeur Zagex, je vous prie... Ah!, c'est vous?... Ici Eciplus Neiruat, le grand historien. Dites-moi, cher savant confrère, pourriez-vous brièvement m'expliquer en quoi consiste l'anti-monde, l'anti-matière, les trous noirs et tout le tralala qui s'ensuit?

Arlène regarde attentivement l'historien et lit sur son visage pileux le cheminement subtil de la curiosité en route vers l'intérêt, la surprise, l'ahurissement et enfin l'extase la plus totale. À tel point que le brave homme, à force de se renverser d'étonnement sur son fauteuil, finit par basculer totalement et va se péter l'occiput sur le mur, ce qui fait choir l'immense tête d'orignal qui le décorait et transforme l'historien en étrange minotaure. La latiniste se précipite, replace le combiné sur sa fourche puis aide le savant à se débarrasser de sa seconde tête.

— Ça ira, professeur?

— Non seulement ça ira, mais j'oserai ajouter: ça va déjà! Zagex vient de tout m'expliquer et si ce que vous prétendez est vrai, votre présence révolutionne l'histoire. Vite, chère amie, racontez-moi l'avenir, c'est-à-dire votre passé.

— Je veux bien, mais pas avant que vous me racontiez le vôtre, c'est-à-dire MON avenir. Vous le devez aux plus élémentaires principes de l'hospitalité.

— Que voulez-vous savoir, jolie touriste?

— Comment se déroule la vie sur cette anti-planète, tout simplement.

Neiruat prend une gorgée de café, grimace, rajoute un neuvième sucre puis, satisfait:

— Notre monde est bizarre... euh, Arlène — en passant, quelle étrange prénom —, oui, bizarre et la tâche de l'historien est difficile puisque chez nous l'effet précède la cause, ce qui complique singulièrement notre explication des événements. Pour les comprendre, il faut attendre longtemps, parfois des siècles, afin de découvrir leur origine. Tenez, je vous donne un exemple: vous connaissez sans doute l'arc de Triomphe, à Sirap?

— Évidemment, c'est l'un des plus beaux monuments de Paris, comme on dit chez nous.

— Eh bien, il constitue l'une des grandes énigmes de notre époque.

— Une énigme? sourit Arlène, expliquez-vous.

— Il est apparu en 2025, alors que des bulldozers sont arrivés Place Charles-de-Gaulle — en passant, j'aimerais bien savoir qui est ce personnage — et y ont déposé des monceaux de pierre. Le lendemain survenait le plus grand séisme de l'histoire de France!

Arlène porte sa main droite à sa bouche, complètement catastrophée. Elle note qu'il lui faudra éviter Paris lorsqu'elle atteindra 65 ans.

— Et alors?

— En vingt-deux secondes trois dizièmes l'amas de pierres s'est transformé en l'élégant monument que nous admirons depuis. Je donnerais tout, ma Kciub, ma collection complète des disques de Uostim, même cette tête d'orignal pour connaître l'auteur de ce magnifique ouvrage.

— C'est l'empereur Napoléon qui l'a fait construire.

— Quoi, les Français vont abandonner la république pour retourner à l'empire? Ils n'ont pas eu assez de Mitterrand IV?

Arlène soulève son sourcil gauche de plusieurs millimètres. Tous cela est inquiétant, mais combien fascinant.

— Donnez-moi d'autres faits, c'est tellement passionnant.

— En effet, et je jouis littéralement, si vous me passez l'expression, car je vis un moment que m'envieraient tous les professeurs d'histoire... Bon, un autre exemple, personnel cette fois: je suis arrivé au monde il y a vingt ans, en pleine guerre de Sécession.

— De Sécession? se surprend Arlène qui s'est rapprochée du pupitre et dévore, surexcitée, les paroles du savant.

— Mais oui, vous vous rappelez... Ah, j'oubliais, vous ne pouvez pas savoir, puisque chez vous cette guerre n'est pas encore arrivée... Enfin bref, je suis né à l'âge de 81 ans et...

— Pardon, vous êtes né à 81 ans?

— Mais oui, cela semble vous surprendre?

— C'est que chez nous, nous naissons enfant.

— Ah oui? Mais cela a du bon sens, quand on y pense. Ici nous naissons vieux et rajeunissons constamment. La mort ne nous fait pas peur, car nous terminons nos jours dans la félicité des bébés.

— Bref, vous tombez en enfance! La chose nous arrive souvent, ne peut s'empêcher de souligner Arlène qui ne rate jamais une occasion de manier le sarcasme.

— J'admets cependant que notre mort perturbe beaucoup nos mamans qui, avouons-le, passent un mauvais quart d'heure quand nous retournons au ventre maternel.

Arlène ne peut s'empêcher de se serrer les cuisses de compassion. Elle demande ensuite:

— La grossesse est donc un fort triste moment.

— Oui, mais qui se termine toujours très bien, c'est-à-dire par une joyeuse partie de jambes en l'air.

— Mon doux Seigneur que tout cela est étrange... Mais racontez-moi un peu cette guerre de Sécession.

— Ah! oui, la guerre de 2010. Elle fut de courte durée. Les provinces se sont alors séparées du Adanac, étant dans l'impossibilité de payer les taxes outrageuses requises par le fédéral.

— J'espère que ce conflit ne fut pas trop sanglant, s'inquiète soudainement Arlène.

— Non, les Sneidanac, gens paisibles, ont décidé de supprimer le pays suite à une série de référendums provinciaux. Seule la province de Cebéuq a refusé. Comment prononcez-vous ce mot, dans votre monde?

— Québec, précise Arlène.

— Comme c'est curieux, sourit l'historien... Oui, le Québec pendant quelques années a constitué à lui seul le... euh... Canada! Puis les autres sont revenus au bercail.

— Et les États-Unis, eux?

— Les États-Unis?

— Je veux dire... les Sinu-Staté.

— L'année de ma naissance il y avait déjà douze ans qu'ils n'appartenaient plus à l'empire nippon.

— Ils étaient japonais?

— Mais oui, les États-Unis sont un pays très jeune, voyons.

— Et la Russie, elle?

— Tournant carrément le dos au capitalisme, elle est devenue communiste à la révolution d'octobre de 1998.

Arlène est littéralement fascinée, et insatiable.

— Racontez-moi les guerres de votre passé. J'espère qu'elles furent rares.

— Rares? Laissez-moi rire, chère amie. D'abord, on se bat au Liban depuis au moins huit cent cinquante ans, l'Allemagne unifiée a envahi la Russie à au moins douze reprises dans les deux derniers siècles et l'Albanie ne s'est retirée de Grèce que suite au traité de Monaco, sous le règne de Caroline XIV.

— Tout cela me déprime considérablement, déplore Arlène, mais votre monde a tout de même dû connaître de grandes époques?

— Oui, en effet, le début du XXIe siècle fut assez enthousiasmant, malgré de cuisants échecs et de terribles catastrophes, comme par exemple le naufrage d'un vaisseau de touristes en partance vers la Lune qui fit plus de mille victimes. C'est environ à partir de ce moment qu'on préféra les vacances à Atalp-otreup..

— Et la science, professeur? Éblouissez-moi!

— Elle fait de constants progrès, Arlène, et l'ignorance régresse de jour en jour.

Les bras d'Arlène tombent de chaque côté de son fauteuil

— Les bras m'en tombent, dit-elle pour souligner le fait.

— Oui, nous sortons à peine de l'ignorance la plus crasse, mais j'ajouterai, et ça me console, que la notion de «culture» devient de plus en plus à la mode. Vous connaissez l'expression?

— Oui, je connais, répond la latiniste avec beaucoup de mélancolie... Dites donc, Eciplus, je vois sur ce mur de vastes rayons de livres, puis-je consulter une œuvre du passé, c'est-à-dire de mon avenir.

— Bien sûr, accepte aimablement l'historien qui se lève et revient s'asseoir nanti d'un épais volume relié en cuir odorant. Voilà un roman québécois qui a jadis connu un immense succès. Il a été publié si ma mémoire est bonne en 2023.

Arlène ouvre religieusement l'ouvrage au hasard et s'exclame:

— Quelle horreur, je ne comprends pas un traître mot.

— C'est écrit en «jument», l'ancêtre de notre joual. Mais on parle de plus en plus français dans notre beau pays, vous savez...

— Savez-vous, monsieur Neiruat, plus je vous écoute, plus vous m'inquiétez. Je m'attendais à ce que vous me décriviez un monde merveilleux, rempli d'inventions mirobolantes, où l'homme vivrait en paix grâce à la science qui l'aurait sorti définitivement du marasme. J'envisageais des cités fantastiques dignes de bandes dessinées, remplies de véhicules hyper-sophistiqués fonctionnant au laser, de bidules fabuleux, quoi. Vraiment je suis déçue.

— Mais notre planète sort lentement d'un passé mystérieux et primaire, Arlène, et l'homme, historiquement parlant, vient juste de quitter sa caverne primitive. C'est pourquoi j'ai hâte que vous me racontiez MON avenir.

— Hélas, cher monsieur, il ne me semble pas plus rose. Sachez que votre monde tombe lui aussi en chute libre vers le Moyen Âge. Dans cinquante ans, vous connaîtrez une terrible guerre mondiale, la seconde de l'histoire.

— Ah! bon? C'est donc ça qui explique la Troisième Guerre mondiale de 2039 alors que l'Irak a déclaré la guerre à toute personne qui osait s'approcher à moins de 20 000 kilomètres de ses frontières.

— Sans doute, reconnaît Arlène. En revanche, avant de sombrer dans l'époque barbare, vous connaîtrez les périodes exaltantes du siècle des Lumières, puis des empires gréco-romains. Après le dernier soubresaut de la grande civilisation égyptienne, c'est la course inexorable vers Cro-Magnon, les dinosaures puis, enfin, l'amibe initiale… ou terminale si vous aimez mieux.

— Quoi, nous retournons donc tous les deux, mais en direction contraire, d'où nous sommes venus? Justement, j'allais vous parler de l'Antiquité, de Cro-Magnon, de l'époque glaciaire. Serions-nous au sommet de la courbe du temps, Arlène? Nos civilisations respectives seraient-elles, après la longue et pénible escalade des siècles, parvenues sur un plateau qui, au lieu de nous faire entrevoir enfin la terre promise, ne nous laisse découvrir qu'un abîme?

Ils se regardent longuement dans un silence aussi lourd que le style d'un rédacteur sportif. Une angoisse terrible les étreint. Ils s'accrochaient tous deux à l'espoir d'un monde meilleur et voilà que ce qui les attend est du pareil au même. Quelle navrante utopie. «Ça m'apprendra à croire les livres de science-fiction», se dit Arlène.

— C'est bien beau tout ça, remarque-t-elle enfin, mais je dois m'en aller. Avant de partir, laissez-moi vous conseiller d'éviter comme la peste San Francisco le 17 octobre 1989 et n'allez surtout pas bronzer sur une plage normande le 6 juin 1944.

Le savant se lève, courtois. Son faciès pileux trahit une certaine déception. Pour un historien, l'occasion était belle de plonger son regard dans les siècles futurs, mais il se console en pensant qu'il a pu au moins le plonger dans l'admirable décolleté de sa belle visiteuse. Celle-ci se retourne avant de partir:

— Dites-moi, professeur, connaissez-vous l'existence d'un mouvement néo-nazi qui menacerait actuellement la paisible tranquillité de votre Occident?

— Hélas, oui! Celui de Wolfgang Debohm, un facho de la pire espèce. On répète volontiers qu'il dirige un groupe de louches fiers-à-bras, lesquels n'hésitent pas à holdupper nos meilleures banques pour financer ses sinistres projets.

— Sauriez-vous où il siège?

— Je l'ignore, mais je vous suggère de vous adresser à la police qui doit sûrement surveiller ses faits et gestes de fort près.

— Conseil judicieux que je m'empresse de suivre illico. Adieu, cher professeur Neiruat ou plutôt au revoir, puisqu'un jour vous reverrez Enèlra sur les bancs de votre école.

Et la détective referme la porte sur son avenir, laissant échapper un soupir qui soulève de plusieurs mètres la poussière qu'un janissaire zélé venait de recueillir à force coups de balai.

❏

Revenue chez elle, plus précisément chez Enèlra, Arlène appelle Emmoél Onil, le célèbre policier sialaértnom. Celui-ci, comme toujours, est ravi de l'avoir au bout du fil.

— Comment allez-vous, chère amie? Toujours en chasse des crapules qui perturbent la société, je suppose?

— Eh oui, mon brave Onil. D'ailleurs, je suis sur une affaire politique qui demande un doigté exceptionnel. Vous avez sans doute entendu parler de Wolfgang Debohm, non?

— Bien sûr, c'est le maître à penser — et à agir — d'un mouvement néo-nazi particulièrement pernicieux.

— J'estime qu'il faudrait arrêter tout ce beau monde, Onil.

— Ah! oui? Mais sous quel prétexte? Nous savons que ces gens sont fort peu recommandables et qu'ils commettent d'audacieux coups, mais nous ne possédons aucune preuve à toute épreuve, si je puis dire.

— Rendez-moi au moins le service d'intercepter et de garder à vue un sbire de bas étage du nom de Alcez Oiram, fanatique militant du mouvement. J'ai ouï dire qu'il doit naître demain, pendu dans une cellule de Sianehtrap. Surveillez ses allées et venues et arrêtez-le au premier moment propice.

— Et sous quel motif criminel dois-je boucler cet individu, Enèlra?

— Mais je ne sais pas, moi, Onil. Inventez-en un, proxénétisme par exemple, ou détournement de mineure, ou encore évasion fiscale, quoi!

— Mais ce serait outrepasser mes droits, chère amie.

— Allons, mon bel Onil, faites plaisir à votre petite Enèlra d'amour, susurre Arlène.

Un silence éloquent succède à la supplique. La latiniste imagine facilement qu'Onil vient de dénouer sa cravate et de produire un vaste mouchoir qui lui permet d'éponger son front inondé par des hectolitres de sueurs. Quand Enèlra prend ce ton où se mêlent l'enfantin, le lascif et le ratoureux, il ne peut rien lui refuser.

— Correct d'abord, finit-il par accepter d'une voix aussi étouffée qu'une épouse de Barbe-Bleue, mais à condition que vous m'expliquiez pourquoi.

— Cet Alcez aura sur lui un portefeuille qui recèle un document extraordinairement précieux et qu'il me faut récupérer à tout prix.

— Je suppose que ce document est top-secret et que vous refusez de m'en dévoiler la teneur, dit Emmoél d'un ton légèrement acerbe.

— Vous présumez juste, Onil. Mais comme il en va de l'avenir de l'humanité, je compte sur vous pour m'avertir dès que vous mettrez la main dessus.

— Diantre, chère amie, vous m'inquiétez. Comptez sur moi, je vous rappelle dès que j'entrerai en possession de ce papier. Mais comment saurai-je le reconnaître?

— Une formule y sera écrite qui se lit: $^2nm = T$. Ne notez surtout pas cette formule, Onil, contentez-vous de la remiser temporairement dans votre mémoire et promettez-moi de l'oublier aussitôt après.

— Promis, belle Enèlra, je vous téléphonerai dès ma mission accomplie.

Arlène raccroche, puis se croise les index et majeurs en signe d'espoir. Elle va ensuite se faire couler un bain et mijote dans l'eau chaude coiffée d'un walkman qui la gratifie du superbe organe d'Ittoravap.

❑

Le lendemain soir Arlène, intriguée mais au fond satisfaite de l'absence d'Enèlra Nipus, vient tout juste de fermer d'un bouton de télésélecteur impatient la boîte à Emored Dranreb qui annonce un *Tniop* exhaustif sur les bingos illégaux du nord de l'Alberta, lorsque la sonnette d'entrée retentit. Eniom Nomis introduit peu après un lieutenant Emmoél passablement fébrile.

— Et alors, Onil, quoi de neuf?

— Les Sregdod ont battu les Sopxe!

— Ce n'est pas ce que je vous demande, s'impatiente la latiniste en lui offrant généreusement son sac de chips, avez-vous du nouveau dans l'affaire Alcez Oiram?

— Oui, car je n'ai pas chômé, chère Enèlra. Aussitôt après vous avoir quittée, j'ai tracé mon plan d'action. Bref, la force constabulaire, mandatée par mes soins, est descendue ce soir dans un quatre et demi de Ville-Dramé où elle a procédé à l'arrestation de votre Alcez, mais hélas, il n'avait aucun portefeuille sur lui. J'ai dû évidemment le relâcher, surtout que le pauvre homme fêtait son anniversaire de naissance entre amis.

— Parmi ces amis, auriez-vous remarqué un géant, videur de bar topless dans le civil?

— Non... Si, attendez voir... Quand je suis arrivé avec l'escouade, un homme de forte corpulence quittait justement les lieux. Je me souviens qu'Alcez lui a lancé un joyeux «Salut, Eciruam!». Ce détail insignifiant semble vous chagriner, Enèlra, pourquoi?

— Oh!, rien, Onil, simplement que j'ai une sainte horreur qu'on me mente... Vous voulez encore des chips?

Pendant que le policier plonge à deux mains dans les croustillantes pommes de terre, Arlène organise déjà son plan d'action. Puisque Maurice lui a menti et qu'il n'a visiblement pas remis le portefeuille à son beau-frère, il n'y a qu'une façon de récupérer le document ultra-précieux: en l'allant chercher là où Xégaz l'a perdu, c'est-à-dire au Phare du spasme!

❑

Le Emsaps ud erahp est rempli à craquer de consommateurs libidineux qui applaudissent bruyamment les circonvolutions lascives de coryphées excessivement court-vêtues. Afin d'éviter les soupçons d'Eciruam et de se mettre à l'abri des grivois quolibets que provoquerait sa présence parmi cette foule résolument machiste, Arlène s'est déguisée en homme, c'est-à-dire qu'elle a revêtu le vaste imperméable de Nomis, que la pluie abondante rend d'ailleurs fort utile, ainsi qu'une fausse moustache dont se sert fréquemment le mythomane majordome. Elle a dissimulé ses cheveux coiffés en chignon à l'aide d'une casquette des Sopxe qui lui tombe sur les oreilles. Bref, elle ressemble à un adolescent intimidé trop saisi par la qualité du spectacle pour penser à se débarrasser de ses oripeaux. Devant une 05 Ttabal bien froide, elle regarde la scène d'un œil et la salle de l'autre, ce qui lui procure un sérieux strabisme divergent, puis fait signe à Eciruam. Le gorille s'approche, l'œil pas commode. Arlène baisse de plusieurs octaves le timbre de sa jolie voix:

— Comment s'appelle la gonzesse qui danse sur le stage?

— Camélia. Tu veux que je te l'envoie?

— Non, laisse faire!

Le bouncer hausse les épaules et retourne vaquer à ses occupations en maugréant. Il ne s'est pas aperçu qu'Arlène vient de lui soutirer, avec la dextérité du meilleur pickpocket, le portefeuille de Zagex.

La détective le suit du regard. Le voilà bientôt, à une table du fond, qui secoue soudainement un Zagex ruisselant de pluie avant de le rasseoir violemment sur sa chaise. Elle ne peut retenir un sourire, accompagné bientôt par une exclamation qu'elle a peine à étouffer. Elle reconnaît la danseuse nue qui monte sur le tabouret jouxtant la table du savant! Oui, c'est bien elle, car trente ans de miroirs ne trompent pas. Oui, cette danseuse, c'est ENÈLRA NIPUS!

L'émotion de s'apercevoir la perturbe vivement. C'est comme si elle voyait pour la première fois une sœur jumelle mystérieusement disparue. «C'est vrai que je suis admirablement bien faite», s'avoue-t-elle avec une légitime fierté, mais que fait donc Enèlra dans ces lieux et comment se fait-il que Zagex ne reconnaisse pas son amie? Il faut dire que ses lunettes embuées ne lui permettent pas une vision 20/20.

Enèlra se penche soudain et Arlène éclate de rire en voyant jaillir de l'aimable danseuse un bout de papier qui, vif comme l'éclair, va revêtir la paille tremblotante brandie par Zagex.

La latiniste aimerait courir vers Enèlra, la serrer dans ses bras puis la ramener rue Sherbrooke afin de parler, parler jusqu'à l'aube de leurs aventures, mais elle ne le peut pas, car elle doit accomplir sa mission jusqu'au bout et mettre enfin la main sur la formule tragique. Et puis, en y pensant bien, à quoi bon la rencontrer, puisqu'elles s'échangeraient sûrement le nom des coupables de leurs futures enquêtes, ce qui aurait l'heur de carrément briser leur fun, si l'on peut dire. «Ne jouons pas avec le destin», conclut Arlène.

— Non, laisse faire!

Arlène se dépêche d'ouvrir le portefeuille subtilisé à Eciruam et d'en examiner le contenu. Elle y découvre trente-deux cents, une carte d'assurance-maladie, une photo jaunie de Erèugig Laér qui reçoit l'ordre du Adanac, un trombone rouillé, un préservatif et une vieille découpure de journal jaunie qui célèbre la victoire des Sopxe en série mondiale. Arlène ne peut s'empêcher de vérifier la date et n'est pas tellement surprise de lire: «18 octobre 2045». Cependant une triste conclusion s'impose et il lui faut se rendre à l'évidence: LA FORMULE N'Y EST PAS!

❑

Jamais Arlène Supin n'a été aussi furieuse. Ce vieux fou de Xégaz l'a envoyée dans l'anti-monde pour rien, puisqu'il n'avait même pas la formule sur lui quand il s'est réfugié au Phare du spasme. Il avait dû la laisser traîner quelque part dans son labo, probablement sur une pile de disques des Classels, dans une boîte à outils où dans le tiroir à bas-culottes de Pipette. Décidément, la sénilité s'est emparée du Prix Nobel et il serait temps qu'il rentre sagement à l'écurie plutôt que de continuer à jouer au savant.

«Vivement le monde, je n'ai plus rien à faire ici», se dit-elle en hélant un taxi qui l'amène aussitôt à Nudrev, au laboratoire de Zagex. Il n'y a personne à cette heure et elle a tôt fait de déjouer la serrure avec sa carte Visa Banque de Commerce. Sans perdre une seconde, elle va s'engouffrer dans le cabinet noir. Bon, il s'agit de retrouver l'immobilité totale, mais comme elle est encore agitée de colère, il lui faut un contrôle inouï pour se calmer. Elle y parvient tant bien que mal, car la crainte d'étouffer s'ajoute à l'ire qui l'émeut. Mais à l'impossible nul n'est tenu, sauf Arlène Supin, et au bout de quelques minutes elle sombre dans une calme inconscience.

❏

Soudain revenue de sa torpeur, elle jaillit de sa prison. La noirceur est aussi totale que le silence qui l'enveloppe. Titubant dans le labo, elle finit par trouver une porte, puis un commutateur et sursaute en apercevant Xégaz et Pipette, coupe de champagne à la main, vautrés sur le divan.

— Vous désirez, jeune homme? demande Xégaz rouge de confusion de se faire prendre en flagrant délit de libation aussi nocturne qu'intime.

Un miroir presque autant craqué que votre belle-mère rappelle à la détective qu'elle porte encore le déguisement masculin de son récent incognito.

— C'est moi, professeur, Arlène Supin!

— Diantre, Pipette, serions-nous soir d'Halloween?

— Pas que je sache, éclate de rire Pipette, qui semble passablement éméchée et dont le sarrau retroussé bien au-delà de son nombril révèle une garde-robe décidément friponne.

Son retour sur terre a éliminé toute la colère d'Arlène. Ce pauvre Xégaz est bien trop innocent pour qu'on puisse lui en vouloir longtemps. Ce dernier ajoute:

— Vous voulez une coupe de Taittinger, chère amie?

— Non merci, je n'ai pas le cœur à la fête.

— Moi si, ajoute Xégaz hilare en remplissant le verre de Pipette. Voilà trois jours que nous fêtons le retour en lieu sûr de mon extraordinaire équation, n'est-ce pas ma crotte de velours?

— Oui, vieille ganache de mon cœur, rigole Pipette.

— Vous l'avez retrouvée? se réjouit tout de même Arlène, où était-elle? Laissez-moi deviner... Euh, dans une pile de vieux disques des Classels, non?

— Vous êtes tombée sur la tête, ou quoi, Arlène. Je vous trouve étrange, tout à coup: ce costume masculin, cette surprenante perte de mémoire... J'espère que le manque d'oxygène consécutif à votre séjour dans mon ridicule cagibi n'aura pas attaqué en permanence votre cerveau normalement si génial. Pourtant vous m'avez paru intacte l'autre soir lorsque, revenu inopinément de ma partie de bowling — imaginez-vous que j'avais oublié mes souliers de quilles et que j'ai tenu à revenir les chercher, peu enclin à louer une paire susceptible d'avoir déjà chaussé des milliers de pieds douteux —, j'ai pu profiter de ce providentiel oubli pour vous secourir. Je n'aurais jamais dû vous abandonner dans ce cabinet noir aussi ridicule que ma prétention de pouvoir atteindre l'anti-monde et je vous demande pardon, Arlène, car j'ai risqué votre vie et vous l'avez échappé belle. Heureusement que j'ai eu la présence d'esprit de vous sortir au plus tôt de cette étanche prison, à moitié asphyxiée, sinon vous ne seriez plus de ce monde... Mon doux Seigneur, rien qu'à y penser, je ressens une immense angoisse.

Et Xégaz fond en larmes. Pipette, pour le consoler, passe son bras autour des épaules du savant et appuie d'une main maternelle la vieille tête blanche sur sa poitrine. La proximité de la pulpeuse gorge ramène aussitôt le sourire aux lèvres du savant qui continue alors joyeusement sur sa lancée:

— Comme je vous ai retrouvée évanouie, j'ai dû vous faire respirer des sels, Arlène. Vous ne vous rappelez pas? Vous avez même dû vous allonger sur ce divan pour reprendre vos esprits. J'en ai alors profité pour aller finir ma partie — j'ai d'ailleurs réussi un prodigieux 43, n'effectuant ce soir-là que treize dalots. Que voulez-vous, je progresse de semaine en semaine. Quand je suis revenu du bowling, vous n'étiez plus là, mais j'ai trouvé la formule sur le divan. Quelle joie! Dites-moi, Arlène, où l'avais-je égarée? J'étais pourtant sûr de l'avoir remisée dans mon portefeuille, mais il faut dire que, comme tous les grands génies, je suis tellement distrait. Je gage qu'elle était dans le tiroir à bas-culottes de Pipette! Peut-être ne vous en souvenez-vous plus, ma pauvre amie, car je commence à partager l'inquiétude de votre majordome Simon, que j'ai appelé plusieurs fois pour prendre de vos nouvelles et qui vous trouve bien étrange depuis cette soirée fatidique.

À mesure que Xégaz parle, Arlène devient de plus en plus inquiète. Elle a manifestement rêvé ce voyage dans l'anti-monde et le séjour dans le stupide réduit de Xégaz risque d'avoir diminué sérieusement ses prodigieuses capacités. Mais comment alors expliquer ce costume masculin idiot? Serait-elle devenue la candidate idéale pour Saint-Jean-de-Dieu?

— Je suis bien contente que vous ayez retrouvé votre formule, Xégaz, mais vous avez raison, je n'ai plus aucun souvenir de l'endroit où je l'ai retracée. Puis-je au moins le voir, ce fameux document?.

— Mais comment donc, chère amie, il ne me quitte maintenant plus, car je le garde constamment dans ma poche-revolver, là... là... Morbleu, je ne le retrouve point!

— Calme-toi, Hippolyte, intervient Pipette, tu l'as rangé ici, tantôt.

Elle plonge dans son prodigieux décolleté pour en extirper aussitôt une feuille de papier qu'elle tend à la latiniste. Arlène y lit: $T = mn^2$. Insatisfaite, elle examine le verso et y aperçoit:

Salut Arlène! Comme tu vois, Maurice n'a jamais pu remettre la formule à Mario Zécla, car je l'ai soutirée à Eciruam avant toi et le pauvre Zagex n'y a vu que du feu. Je t'ai eue de justesse, non? En passant, ton déguisement était fort bien réussi et mon brave majordome devra s'acheter un autre Mutucsauqa. À tout événement, j'espère que tu as fait bon voyage. Quant à moi, j'ai préféré livrer la marchandise personnellement, mais mon séjour dans ton monde ne m'a guère impressionnée. Tu peux le garder, je préfère l'anti-mien! J'avoue cependant que le cassoulet de Simon est meilleur que celui de Nomis.

Bye, bye!

Et c'est signé: *Enèlra Nipus*

«Chapeau, ma vieille!» se dit Arlène qui ajoute en souriant:

— Savez-vous, Xégaz, je crois que je prendrai maintenant volontiers cette coupe de champagne.

La brume
et la
blonde*

---

* Cette aventure s'est déroulée pendant le régime de Mme Thatcher.

Londres.

Sa brume.

Ses douze coups de minuit au clocher de l'église de Blackchapel.

L'homme marche péniblement sur les pavés mouillés de l'étroite Dirtywall Street, longeant les murs de brique crasseux suintant la misère des siècles.

Un chat miaule sur un toit glissant.

Nimbée du halo blafard d'un réverbère, une frêle silhouette se détache soudain.

— Tu viens, chéri?

— Combien? demande l'homme.

— Vingt pounds, annonce la silhouette d'une voix éraillée par de trop longues nuits.

— Tu habites loin?

— Non, juste à côté.

Ils font quelques pas. Elle ouvre une porte vermoulue qui a peine à tenir sur ses gonds.

— Monte, je te suis, dit l'homme.

Elle gravit pour la millionième fois l'escalier sordide qui mène à sa pauvre chambre où tiennent à peine un lit

de fer, une chaise bancale et une commode recouverte
d'une toile cirée élimée. Elle enlève ses chaussures per-
cées par trop de cent pas, commence à dégrafer sa robe,
puis se retourne et aperçoit son client. Elle veut hurler,
mais il a déjà mis sa main sur sa bouche et la renverse
brutalement sur le matelas douteux...

❑

C'est la trente-quatrième en deux mois, vous ne trou-
vez pas que cela suffit? demande madame Thatcher.

Randolph Hactif*, de Scotland Yard, courbe l'échine.
C'est la première fois qu'il est convoqué au 10 Downing
Street et ce n'est pas pour se faire décerner la médaille du
mérite policier. La Dame de fer est furieuse, presque
échevelée de rage malgré l'abondant *spray net* qui habi-
tuellement donne à sa coiffure la solidité de la laine
d'acier.

Il faut dire que la mort suspecte de trente-quatre prostituées émeut considérablement la ville de Londres et que
l'insuccès de Scotland Yard à résoudre les crimes suscite
l'ire de la population, et principalement celle des scribes
aux abois. Le prince Charles, qui n'en croit pas ses vastes
oreilles, s'est même plaint, dans une interview diffusée
par l'auguste BBC, de l'ineptie de la police. Comme le
tout rejaillit évidemment sur le gouvernement déjà passablement chambranlant, la Première ministre n'est pas

---

* Lire: *Le short en est jeté,* publié chez VLB.

contente du tout. Avant que la reine s'en mêle et la convoque courroucée à Buckingham Palace, elle tient à ce que l'affaire se règle au plus vite.

— C'est inadmissible, monsieur Hactif, l'assassin de Blackchapel a encore fait une victime la nuit dernière. D'accord, nous sommes fin novembre et la brume londonnienne rend son arrestation difficile, mais ne me dites pas que Scotland Yard ne peut mieux faire. Vraiment, on se croirait à l'époque de Jack l'Éventreur. Vous avez doublé vos effectifs policiers, j'espère?

Piteux comme un chien battu, l'as du Yard trouve la force de répliquer:

— Doublé? Nous les avons plutôt quadruplés, madame la Première ministre. Deux mille policiers ont passé le quartier de Blackchapel au peigne fin et interrogé dix mille témoins éventuels. Chaque nuit, plus de mille constables patrouillent les rues et ruelles. La brigade canine au grand complet hume jour et nuit chaque millimètre carré de pavé, mais hélas nous en sommes au même point.

— C'est bien ce que je vous reproche, Hactif, et c'est pourquoi je vous donne quarante-huit heures, pas une minute de plus, pour trouver le coupable, sinon vous retournerez diriger la circulation à Piccadilly Circus, comme à vos débuts. C'est clair?

— Mais, madame la Première ministre…

— Il n'y a pas de mais qui tienne! Exécution immédiate, c'est un ordre! Vous pouvez disposer!

Randolph Hactif se lève, claque des talons et prend ignominieusement congé. Il retrouve sa voiture, y monte et demande immédiatement au chauffeur de composer le numéro d'Arlène Supin sur son téléphone cellulaire. Le sergent obtempère aussitôt et après une douzaine d'inter-

minables drelin-drelin une voix aussi lointaine qu'endormie se fait entendre au bout du fil.

— ... Allô?

— Arlène Supin?

— ... Non, c'est Simon Moine, son majordome. Qui
ose déranger madame Supin à une heure aussi indue?

— Randolph Hactif, de Scotland Yard. Veuillez
réveiller madame immédiatement, il y a extrême urgence.

— ... Ne quittez pas, conseille Simon.

En attendant l'arrivée de la détective, Hactif en profite
pour allumer un cigare à la flamme du briquet que lui présente son chauffeur. Il tremble tellement que l'opération
pourtant anodine incendie une vaste partie de sa moustache.

— ... Allô, ici Arlène Supin. La raison de cet intempestif appel est mieux d'être sérieuse, Randolph, sinon je
vais vous en vouloir jusqu'à la mort. Savez-vous qu'il est
quatre heures et trente-sept du matin, à Montréal?

— Pardonnez-moi cette nocturne intrusion, chère
amie, mais il fallait que je vous parle. Vous dormiez à
poings fermés, je suppose.

— Pire, Hactif, j'étais en train de m'envoyer en l'air
avec Adhémar Charrière*, dont je profite du trop rare passage à Montréal. Nous avions entrepris une vigoureuse
«Baguette mie à mie» lorsque Simon est entré dans ma
chambre en courant, m'annonçant votre appel d'une voix
haletante. Vous imaginez sûrement notre désarroi. Ce
pauvre Adhémar semble même en avoir perdu ses moyens
et je devrai sans doute le ranimer avec une acrobatique
«Somerset bulgare».

---

* Lire: *Le short en est jeté,* publié chez VLB.

— Encore une fois, mille excuses, Arlène, mais l'heure est grave. Un maniaque parcourt les rues de Londres depuis près de deux mois et assassine allègrement des demoiselles de petite vertu. Le chiffre est ahurissant, il en est rendu à sa trente-quatrième victime et l'enquête menée par mes soins n'a abouti jusqu'ici à aucun résultat. Mes supérieurs veulent ma tête et on menace même de me retourner à la circulation si je n'arrête pas le coupable d'ici quarante-huit heures. Il n'y a que vous qui puissiez sauver ma carrière, Arlène. Pensez à ma femme et surtout à mes pauvres enfants qui subiront les conséquences économiques et sociales de cette déchéance...

— Mais vous êtes célibataire, Randolph!

— Qui sait, chère amie, mon passé tourmenté a peut-être laissé des traces et j'ai possiblement semé sur mon passage des rejetons qui feront un jour surface pour me reprocher cette ignominie...

— Ça va, Randolph, j'arrive! Admettez cependant que le délai est bien court et qu'il faut d'abord que je me rende à Londres.

— Ah!, merci, chère amie, merci. Je savais que je pouvais compter sur vous. Quant à votre transport, ne vous inquiétez pas, je vous réserve immédiatement une place sur le Concorde de British Airways en partance de New York à 9 h 30. Vous serez à Heathrow à 18 h 30 où je vous attendrai comme un seul homme. À bientôt, noble consœur!

Arlène raccroche et pousse un soupir qui fait voler au bout de la pièce le drap de satin qui recouvrait le corps musclé d'Adhémar. Elle le regarde avec tendresse. Il s'est endormi, le pauvre chou, sans doute épuisé par leur folle nuit d'amour. En faisant le moins de bruit possible, elle va prendre sa douche, s'habille et prépare ensuite une valise de week-end. Elle se frappe soudain le front de découragement: Hactif a sans doute oublié de lui réserver le vol Montréal-New York! Vite, il lui faut appeler Air Canada. Elle compose fébrilement le numéro du grand transporteur, finit au bout d'une trentaine de minutes par obtenir la communication. Une voix extrêmement monotone lui annonce:

— *Ceci est un enregistrement. Compte tenu de la tempête du siècle qui tombe en ce moment sur Montréal, toutes nos envolées sont annulées pour la journée. This is a recording...*

Arlène claque le combiné sur sa fourche, court à la fenêtre et tire violemment les rideaux, ce qui lui permet de constater que Montréal est enfouie sous au moins trente centimètres de neige. Malheur! Elle devra décevoir son ami Hactif et bien sûr renoncer à une enquête qui l'excitait déjà au plus haut point. Elle va s'asseoir sur le lit, découragée.

— Tu es déjà debout, crotte d'amour? lui susurre Adhémar qui vient d'ouvrir un œil.

Arlène lui raconte le téléphone de Scotland Yard et son départ raté pour Londres. Adhémar s'asseoit, l'entoure puissamment de ses bras athlétiques.

— Mais tu n'as pas pensé à la Vroomex*, pitoune en or?

— Comment, la Vroomex?

— Mais oui, elle est ici, dans le garage de ton immeuble. Je l'ai amenée avec moi dans l'avion cargo

---

* Lire: *Le short en est jeté*, publié chez VLB.

d'Air France. Tu sais bien que je ne peux jamais me séparer de cette voiture auprès de laquelle la Ferrari Testarossa n'est plus qu'un tacot souffreteux.

— Et alors? demande la détective en lui caressant le biceps gauche.

— Mais je vais aller te conduire à New York, voyons!

— Par ce temps? Mais tu divagues, somptueux pitou, il est déjà tombé trente centimètres de neige, il est presque cinq heures du matin et je dois passer la sécurité à Kennedy à 8 h 30 au plus tard. Sache aussi, beau Monégasque, que New York est à plus de 700 kilomètres d'ici et que nous ne pourrons y arriver que tard en fin d'après-midi et à condition que l'autoroute soit déneigée.

Adhémar sort du lit, superbe et hautain.

— Oublies-tu qui je suis, biquette adorée? Je suis Adhémar Charrière, le plus grand pilote automobile de l'histoire, celui auprès de qui Alain Prost, Ayrton Senna et même le grand Fangio à son meilleur ne sont que cochers de tombereau. Non seulement je te conduirai à l'aéroport Kennedy de New York à l'heure, mais nous avons même tout notre temps pour exécuter un langoureux «Arpège de lent vin» suivi d'un «Pic de l'ami Randolph», façon d'honorer comme il se doit ton britannique confrère.

Et sans dire un mot de plus, il saute sur la latiniste, lui arrache sa robe et tous ses affriolants dessous. Leur émoi est tellement vif que la cafetière soigneusement mise au feu par un Simon prévoyant choit sur le plancher de la cuisine. Le majordome produit alors une vadrouille et se résigne à éponger les dégâts.

❑

Adhémar Charrière, malgré la neige épaisse qui soulève littéralement la carrosserie surbaissée, a réussi à faire la distance Montréal-Plattsburg en un peu moins d'une heure, ce qui ne laisse tout de même que deux heures et demie pour compléter un trajet nécessitant normalement six à sept heures. Heureusement, passé la frontière américaine, il ne neige presque plus, l'hiver canadien ayant cette manie de refuser systématiquement de s'expatrier. C'est alors que la Vroomex exhibe toutes ses qualités et qu'Adhémar prouve que sa réputation n'est pas surfaite. Ma foi du bon Dieu, Gilles Villeneuve n'aurait pas fait mieux et Arlène voit défiler les montagnes vertes comme dans un film ultra accéléré. Toutes les aiguilles des cadrans de radar de l'autoroute 87 s'emballent et à la radio de la State police crépitent des messages affolés d'agents ahuris. Une bonne centaine de voitures de flics routiers, tous gyrophares allumés, ont entrepris la plus grande chasse de l'histoire de l'État, mais peine perdue, Adhémar, le geste auguste, les sème avec une déconcertante facilité. Albany n'est plus qu'une impression subliminale dans le pare-brise quand la Vroomex s'engage sur les chapeaux de roue dans le New York Truway, à la vive consternation des automobilistes figés dans leurs cinquante-cinq milles à l'heure. Certains se scandalisent et manifestent leur hargne à grands coups de klaxon, mais Adhémar leur répond avec de magistraux bras d'honneur, ce qui l'oblige de temps à autre à interrompre sa constante caresse des magnifiques genoux d'Arlène. Celle-ci, d'abord pétrifiée, a fini par s'habituer et se laisse griser par la vitesse inouïe du bolide. Naturellement, la Vroo-mex doit ralentir aux abords de New York, obligeant son pilote à se contenter d'un banal deux cent soixante-cinq à l'heure sur le Henry Hudson Parkway.

— Nous y voilà! lance Adhémar après un prodigieux tête-à-queue contrôlé qui vient placer les flancs de ses Michelin à deux millimètres virgule quatre de la bordure du trottoir qui mène à la porte départ de l'aérogare.

Il regarde sa montre et ajoute:

— Nous avons même le temps de prendre un café, pitchounette de velours.

Après une bonne tasse de Maxwell House à la cafété-ria et des adieux déchirants au comptoir de British Air-ways, Arlène se retrouve calée dans l'étroit mais confortable fauteuil du prodigieux Concorde. Celui-ci s'ébranle lentement, roule un moment pépère sur la voie de taxi, relève peu à peu son nez, puis s'immobilise un instant en bout de piste avant de lancer ses moteurs qui crachent bientôt le feu. Les passagers, enfoncés dans leur dossier comme des astronautes à Cap Canaveral, s'émerveillent en silence, passablement tendus. Arlène profite du décollage pour produire de son sac une bouteille de Revlon, façon de rafraîchir ses ongles avant qu'on serve le champagne. Après la vertigineuse randonnée qu'elle vient de s'offrir, Mach 2 ne l'impressionne pas outre mesure.

❏

Randolph Hactif fait nerveusement les cent pas dans la salle des pas perdus de l'aérogare d'Heathrow, les yeux fixés sur les écrans cathodiques qui annoncent l'arrivée des vols. Le Concorde est en retard de trois minutes, lui d'habitude si ponctuel. Serait-ce la brume qui compromet son arrivée? Elle est aussi épaisse que votre belle-sœur, mais ce n'est pas nouveau à Londres et les pilotes de British Airways en ont vu d'autres, non? Ah!, enfin, le vol 002 clignote sur l'écran, le Concorde vient d'atterrir. Il n'y a plus qu'à attendre les valises près du carrousel à bagages.

Les passagers du supersonique étant relativement peu nombreux, le débarquement se fait rapidement et Arlène apparaît bientôt, somptueuse comme toujours. Randolph Hactif retire son chapeau melon et se plie en deux pour baiser la main de la latiniste.

— Vous avez fait bon voyage, chère amie?

— Excellent! Ce Concorde est merveilleux, j'ai eu à peine le temps de terminer les mots croisés du *Times* que nous atterrissions déjà. Mais quelle brume, Randolph, on ne voyait même pas la piste. Heureusement que les pilotes sont assistés par l'électronique.

— Hélas oui, Arlène, Londres connaît depuis quelques semaines le plus dense brouillard de son histoire. J'ai même dû prendre le métro pour venir vous chercher, la circulation étant complètement paralysée. Vous n'avez pas d'objection à emprunter ce démocratique moyen de locomotion, j'espère.

— Mais non, cher ami, je raffole du métro. J'aime cette promiscuité bon enfant avec les gens du peuple, qui me change un peu de la solitude de ma Rolls Royce.

«By Jove, la voilà rendue chiante sans bon sens», se dit Hactif qui a décidé de voter travailliste depuis son entrevue avec madame Thatcher.

— Il y a un problème, cependant. Cette promiscuité permet souvent à de libidineux lascars de me pincer les fesses sans vergogne et je descends toujours à la station d'arrivée couverte de bleus.

— Ne vous inquiétez pas, William veillera au grain.

Randolph lève le bras et un individu tout de noir vêtu apparaît de derrière une colonne. Il mesure plus de deux mètres et pèse environ quarante kilos, ce qui le rend presque invisible quand il est de profil. Seul un nez cyranesque et des moustaches à la Brassens permettent de le repérer facilement. Il s'avance en claudiquant, assurant son équilibre avec un parapluie en guise de canne.

— Je vous présente le sergent William Hampaine, mon assistant. William, voilà Arlène Supin, la plus grande détective de la planète.

Hampaine retire lui aussi son chapeau melon et se met péniblement au garde-à-vous.

— Repos, William! Ce dévoué second vous paraîtra sans doute cacochyme, Arlène, mais il ne faut pas vous fier aux apparences. S'il n'a pas les biceps d'un catcheur ni les poings de Mike Tyson, il sait manier le parapluie comme d'Artagnan l'épée. Son indispensable pépin devient entre ses mains un instrument redoutable qu'il est malséant d'affronter et qui a laissé à moult tibias, humérus et autres péronés de cuisants souvenirs, sans parler de côtes endolories, de phalanges fracturées et, ma foi, d'yeux crevés quand il se met résolument en colère. Tenez, William, vous porterez la valise de madame.

Arlène veut s'opposer, car Hampaine semble incapable de transporter quoi que ce soit, même un pétale de rose, mais le sergent a déjà accroché la valise à roulettes par le manche de son parapluie et va cahin-caha son petit bonhomme de chemin.

Le métro est bondé et les trois détectives doivent voyager debout, parmi une cinquantaine de punks qui se rendent joyeusement et bruyamment à un concert rock. Cette joie s'estompe aussitôt pour faire place à la stupéfaction la plus muette. O.K., Olivia Newton-John et Madonna sont bien mignonnes, mais à côté de cette super nana qui vient d'entrer dans le wagon, elles prennent des airs de guenons avariées. Un long mec aux cheveux mauves et à l'acné purulente lance un «wow» retentissant et fend la foule d'un pas décidé. Cette beauté ne sortira pas d'ici vivante et il va se régaler royalement. Généreux, il consent déjà à la partager avec ses copains, mais seulement après en avoir fait un usage prolongé. Il sort son couteau, pas tellement pour faire peur aux deux pingouins qui l'accompagnent et qu'une chiquenaude suffit à éliminer, mais pour s'assurer plus rapidement la collaboration de la gonzesse. Ses copains assistent rigolards au manège, plusieurs dégainant aussi leur poignard pour se disputer les restes.

Cheveux mauves s'est habilement faufilé et pose sa main droite sur le mignon postérieur d'Arlène et sa lame sur sa gorge veloutée. Randolph Hactif, qui lit sur son *Times* soigneusement plié l'éditorial du jour, lance:

— William!

— Aye, aye, sir!

Pfuit! Zing! Crac! La pointe du parapluie frôle l'épiderme satiné de la détective à une vitesse légèrement supérieure à celle de la lumière et le couteau va se planter dans la moleskine d'un fauteuil, entre une quinquagénaire fatiguée qui revient de faire un ménage dans Kensington et un commis de la banque Barclay plongé dans le Racing

Form. Avec la dextérité d'une majorette des Cowboys de Dallas, Hampaine fait ensuite pirouetter le pépin et abat son manche d'ébène sur le nez du punk comme un forçat sa masse sur un caillou de bagne antillais. Le sang pisse dru et Cheveux mauves va cacher sa honte au fond du wagon, pendant que ses copains rengainent en vitesse. Hactif se contente d'ajouter:

— Si vous n'êtes pas trop fatiguée, chère amie, j'aimerais vous exposer mon problème avant que vous ne gagniez la suite que je vous ai réservée au Savoy. Nous pouvons donc, pour ce faire, dîner dans mon bureau du Yard de quelques sandwiches au roast-beef que mon bon William ira aimablement quérir. J'aurais bien aimé vous inviter à mon cercle, le Rabbit & Fox Club, mais évidemment on n'y accepte pas les femmes.

La tête d'Arlène pivote aussi vite que tantôt le parapluie d'Hampaine.

— Quoi? Ces cercles de dinosaures sexistes existent toujours? Mais nous ne sommes plus au siècle d'Henri VIII, que je sache. Et vous, Randolph, vous le fleuron de Scotland Yard, l'as des as de la police britannique, vous acceptez de faire partie de ce bastion moyenâgeux qui pratique encore la discrimination la plus scandaleuse qui soit? C'est intolérable et je descends à la prochaine station. Vous vous arrangerez avec vos trente-quatre meurtres et votre nouveau poste à Piccadilly, moi je retourne à Montréal!

Hactif est catastrophé. Ses chances de résoudre les crimes de Blackchapel sont devenues absolument nulles. Il tente un dernier effort.

— Allons, Arlène, ne le prenez pas de si haut, que diable. La fine fleur du Yard fréquente le Rabbit & Fox

Club depuis deux siècles. Mais que voulez-vous que je fasse, même si je vous y conduis, ils vous interdiront l'entrée et vous serez encore plus humiliée.

— Chiche! lui lance la détective.

— Quoi, chiche?

— Conduisez-moi à votre Club et vous verrez de quel bois je me chauffe.

— Mais... mais...

— C'est à prendre ou à laisser, Hactif. Vous acceptez ou bien vous vous retrouvez à la circulation!

L'inspecteur d'élite pousse un soupir qui aplatit les coiffures multicolores des punks. Il doit obtempérer, quitte à devenir la honte du Londres huppé.

❑

Plus victorien que le Rabbit & Fox Club, tu meurs! La pierre taillée, le lambris d'acajou et le pseudo-gothique abondent. Dans le hall d'entrée un long tapis, tissé aux armoiries du club; cor anglais sur champ de renard argenté, mène à un pupitre de noyer fortement mouluré et surmonté d'une lampe dont l'abat-jour en verre opalin atténue les 25 watts de l'ampoule. Pas une âme qui vive dans ce silence feutré, si ce n'est le gentleman assis au pupitre qui se lève comme mû par un ressort en apercevant la divine latiniste.

On lui donnerait 110 ans, mais il n'en a que 104 et s'avance d'un pas résolu quoique menu vers les nouveaux arrivants. Une stupeur qu'il ne cherche aucunement à dissimuler creuse ses rides déjà grandcanyonesques; il se voit même obligé d'emprunter la pochette de soie qui décore la poche de sa redingote pour éponger la sueur qui brille à son front largement dégarni.

— Mister Hactif, sir, quel mauvais vent vous amène? Vous savez bien que les femmes sont interdites en ce lieu sacré et que, depuis la fondation de notre cher Rabbit & Fox Club en 1794, jamais le sol de cet immeuble n'a été foulé par un pied féminin!

— Et jamais ton cul n'a reçu pareil hommage, vieux con! répond Arlène en le faisant pivoter et en lui assenant un violent coup de talon aiguille dans les fesses. Le réceptionniste perd l'équilibre et, après quelques dérapages incontrôlés, va s'aplatir face contre terre sur la moquette. Hactif, qui gauchise à vue d'œil, ne peut s'empêcher de sourire.

— Venez, dit-il à Arlène, le bar est par là, à droite.

Ils pénètrent dans une immense salle haute de plafond et entourée de fenêtres drapées de tentures en épais velours framboise. Une centaine de fauteuils meublent le tout, parmi lesquels évoluent des garçons compassés qui, dans le plus grand silence, remettent à flot les verres des messieurs qui les occupent. Ça sent le cuir et le cigare à plein nez. Arlène dégrafe quelques boutons de son chemisier éloquemment diaphane, façon d'éviter définitivement toute méprise sur son sexe, cueille sur le premier guéridon venu un Chivas Regal et lance, avant de le boire d'un trait:

— À votre santé, messieurs!

Cent *Times* s'abaissent à l'unisson et pour quelques secondes le silence devient plus sépulcral encore. Puis quelques voix se font entendre ici et là au fond de la salle.

— Shame! Shame!

Elles émanent visiblement de ceux dont les besicles à quintuple foyer gomment sérieusement la latiniste, car tout à côté d'elle de nombreux gentlemen se sont levés, mus par une saine apoplexie, et se bousculent presque pour lui offrir leur fauteuil. On sent bien qu'au fin fond d'eux-mêmes ils apprécient plus qu'on le pense les danseuses de Benny Hill. Malgré tout, l'unanimité est loin d'être faite et Sir Conspeckt, le nez rougi par des hectolitres de whisky quotidiens et la moustache aussi blanche qu'une oie du Capitole, voire du Loew's, s'approche, le sourcil en bataille et la lippe méprisante.

— By Jove, Hactif, vous êtes tombé sur la tête ou quoi? Introduire une femme en ce temple, que dis-je, ce Taj Mahal de la sérénité masculine? C'est un scandale et à titre de président de cet auguste établissement, je vous bannis à vie du Rabbit & Fox Club! Déguerpissez immédiatement et surtout débarrassez-nous sur-le-champ de cette créature qui souille notre quiétude!

— Fuck you! se contente de lui répondre Randolph.

L'heure est grave! Si le Club a vu pour la première fois une femme en son sein, c'est également la première fois qu'il entend une aussi vulgaire expression. Tous les membres sont maintenant debout, alléchés par un combat potentiel qui leur rappelle les rares escarmouches d'Eton et de plus en plus, à mesure qu'ils la détaillent, par la superbe Arlène. Il faut dire qu'elle n'a jamais été aussi divine dans sa mini-jupe de cuir qui moule son postérieur avec la plus rigoureuse précision. Fébrile sans bon sens, la jambe droite avancée, ce qui met en valeur sa cuisse de nymphe, la poitrine palpitante, la tête relevée de défi, elle est devenue la passionaria du féminisme.

Après deux siècles d'harmonie ininterrompue, l'assemblée paraît pour la première fois divisée. Lord Montbaton s'approche et effleure d'une lèvre tremblotante d'émotion et de Parkinson naissant les phalanges de la latiniste avant de traîter Sir Conspeckt de débris sénile. Sir Acashtey veut défendre l'honneur de l'insulté et assène un coup de *Times* enroulé sur l'occiput de Montbaton. Lord Hambar, qui a réussi à se faufiler jusqu'à Arlène, profite de l'émoi pour lui pincer une fesse de la main gauche et, de l'autre, projeter le contenu de son verre de gin dans le faciès d'Acashtey.

Bon, d'accord, vous avez vu cent fois au cinéma des batailles de saloon où des cow-boys ombrageux font table rase du bar, fracassent des gallons de whisky sur tout crâne qui leur tombe sous la main et se garrochent allègrement dans des baies vitrées plus ou moins accueillantes, mais comparées à ce qui s'ensuit, ces scènes de ciné-club ne sont que discussions timides de dames patronnesses guindées. Vous décrire la rixe qui ébranle soudain les vieux murs du Rabbit & Fox Club est quasi impossible, tant il en est qu'il faudrait une caméra vidéo plutôt qu'un clavier de Macintosh pour y réussir adéquatement. Contentons-nous de dire qu'au plus fort du blitz londonien, rien n'approchait l'intensité du brouhaha actuel. Vestons de velours tombés, les membres du cercle sélect sont déchaînés. Des guéridons revolent, des fauteuils sont précipités à tour de bras dans les airs, des quarante onces sont pulvérisés sur des fronts altiers, des octogénaires sont lancés à travers la salle dans un blizzard de pretzels et de peanuts salées, des cannes fauchent des tibias ostéoporeux, des rideaux sont arrachés et lacérés, un maître d'hôtel, saisi aux chevilles par un duc particulièrement vigoureux, devient l'arme dangereusement giratoire qui abat sans sélection préalable des vedettes de la Chambre des Communes, des professeurs du London School of Economics, des industriels de British Aerospace, des cousins de la reine Elizabeth, voire des palefreniers de la princesse Anne.

Pendant tout ce temps, Arlène, immobile, le sourire sardonique, contemple la scène avec une évidente satisfaction. Randolph Hactif, stimulé par une ambiance qu'il n'a pas goûtée depuis fort longtemps, s'est mêlé aux combattants, joignant il va sans dire les rangs des pro-Supin qui tentent de faire entendre raison à ceux des pro-Conspeckt. Le combat devient cependant vite inégal, les protagonistes se transformant à vue d'œil en preux chevaliers de la belle offensée.

— Ça fera! hurle soudainement Arlène... Allons, messieurs, un peu de calme!

Peu habitués d'entendre en ces lieux une voix si aiguë, les combattants s'arrêtent instantanément, comme si Arlène avait pressé le bouton «pause» d'un magnétoscope. Elle en profite pour proclamer:

— Je vois que l'Angleterre, messieurs, malgré sa reine, ses princes et princesses, ses lords et ses chanteurs rock, est, au fond, un pays profondément démocratique. S'il est facile de constater que je ne fais pas ici l'unanimité, je compte tout de même sur l'appui d'une forte majorité. Il va donc de soi que la conséquence inéluctable de cet incident est la révocation à perpétuité de votre stupide règlement.

Des bravos nourris accueillent ces propos puis, aidés de garçons cabossés, les vieux messieurs relèvent les fauteuils et s'y affaissent, à bout de forces. Des *Times* et des

Chivas Regal frais sont alors apportés diligemment et le silence reprend peu à peu sa place d'honneur. Arlène reboutonne sagement son chemisier, quitte à être complètement décoiffée par le soupir de déception qui souffle alors dans la salle comme la tramontane dans le Languedoc-Roussillon.

— Ceci dit, Hactif, si nous allions manger? suggère Arlène, j'ai faim sans bon sens, moi.

❏

Le restaurant du Rabbit & Fox Club est excellent, malgré un service rendu maladroit par la présence de la latiniste. Peu habitués à servir une créature de cette espèce et surtout si bien carrossée, les garçons, la plupart du même âge que l'immeuble, se bousculent comme des gamins et la circulation autour de sa table rappelle celle de Times Square la veille du jour de l'An.

Hactif, pressé par les inexorables heures de l'ultimatum thatchérien, grignote à peine son roast-beef enfoui sous plusieurs kilos de chutney alors que la détective, au contraire, dévore son faisan aux myrtilles avec un bel appétit.

— Jamais je n'ai eu à résoudre crimes aussi mystérieux que ceux de Blackchapel, remarque Randolph en remplissant le verre de la latiniste de chablis frais. Même les médecins légistes, pourtant experts de réputation indéniable, n'ont rien découvert qui pourrait nous indiquer de quelle arme se sert l'assassin.

Arlène suspend le vol de sa fourchette.

— Qu'est-ce à dire, Randolph, ces victimes ne sont sûrement pas mortes de cause naturelle, sinon que fous-je ici?

— Que voulez-vous, faute de traces éloquentes sur les cadavres, nous pouvons seulement conclure que les pauvres filles n'ont été ni égorgées, ni poignardées, ni empoisonnées, ni assommées.

— Mais à quelle pathologie attribue-t-on leur décès, alors?

— Nos savants sont formels: elles sont toutes mortes par asphyxie. Pourtant leur cou ne montrait aucun signe de strangulation, ni par des mains, ni par une corde ou autre sinistre instrument.

— Votre assassin de Blackchapel a sans doute utilisé un oreiller qui, appliqué suffisamment longtemps sur leur bouche, aura tôt ou tard fait passer les filles de vie à trépas.

— Vous vous doutez bien que nous y avons pensé, Scotland Yard n'est quand même pas farci de tarlais, Arlène. Si l'assassin avait utilisé un oreiller pour étouffer ses victimes, la plupart ou du moins quelques-unes se seraient alors fortement débattues avant de perdre conscience, or nous n'avons décelé aucun signe de résistance, aucune trace de lutte. Pas le moindre milligramme de sang sous les ongles pourtant effilés de ces hétaïres qui prouverait qu'elles ont lacéré les mains, les bras ou le visage de leur agresseur. Quand on défend sa peau, on a toujours des réserves de force inouïe, non? Nous avons même trouvé, sur une table de chevet qui jouxtait le lit d'une rousse particulièrement accorte, une paire de ciseaux qui aurait pu lui servir pour attaquer son assaillant, mais elle n'a pas été utilisée.

— Tout cela est bizarre, Randolph. Si au moins l'assassin les avait égorgées avec un couteau, déchiquetées avec une lame ou un poignard finement aiguisé, ce serait plus facile. Si le sang avait éclaboussé les lieux du drame, si des organes avaient été arrachés des entrailles et projetés sur le sol, si des yeux avaient été exorbités ou des cervelles répandues, nous saurions au moins de quel bois se chauffe notre lascar.

— Arlène, nous sommes à table, se lamente Randolph aussi vert que la sauce à la menthe qui humecte son bœuf bien cuit.

— Pardonnez-moi, cher ami, mais ces crimes me rappellent quelque chose.

— Je vois que vous pensez à Jack l'Éventreur, mais hélas nous sommes confrontés à un plus subtil meurtrier. Jack n'était qu'un sinistre boucher sanguinaire alors que notre homme, lui, travaille proprement et sûrement ganté puisque nous n'avons découvert aucune empreinte digitale.

Arlène attaque sa poire Belle Hélène avant de remarquer:

— Non, cela me rappelle plutôt une de mes aventures*, assez similaire ma foi. Des filles de joie avaient été kidnappées puis retrouvées assassinées dans des motels de la région métropolitaine de Montréal, comme ici, sans traces de lutte ni arme du crime évidente. J'avais cru d'abord qu'elles étaient mortes d'émotion devant l'inimaginable beauté séductrice de leur ravisseur, mais il s'avéra que c'était plutôt son insoutenable laideur qui les avait terrassées. Bref, elles étaient mortes de dégoût!

---

* Lire: *Le rose et le noir,* une aventure d'Arlène Supin.

— Diable, Arlène, nous vivons peut-être un cas similaire à Londres?

—Facile à vérifier, Randolph, les visages des
cadavres des filles de joies montréalaises affichaient tous
l'expression de l'horreur la plus extrême, que j'avais
d'abord confondue avec celle de l'extase la plus suprême.
Vous savez, cher ami, que le faciès humain exprime au
paroxysme de la jouissance une émotion qui peut nous
surprendre et il faut toujours se méfier du sentiment qui
transforme les traits de l'ému.

En proie à la plus profonde réflexion, Randolph lisse
sa moustache, ce qui la rend passablement huileuse vu les
frites nombreuses qu'il cueille avec ses doigts depuis le
début du repas.

— Vous pensez juste, brillante consœur. Je me souviens d'une aventure galante, hélas lointaine, avec une
nymphomane pulpeuse qui, au paroxysme du plaisir, gri-
maçait comme si elle venait de croquer dans un citron
juteux et criait comme si un rouleau à vapeur lui écrasait
son cor au pied. Malheureusement, l'expression lue sur le
visage des trente-quatre victimes de Blackchapel n'était ni
celle du plaisir ni celle de l'horreur.

— Quelle autre expression avez-vous remarquée,
alors?

— Celle de la SURPRISE, Arlène!

Diantre, le renseignement est de taille et la détective
interrompt l'ingurgitation de son thé, son sourcil gauche
trahissant une violente accélération des neurones de son
cortex, signe manifeste qu'une petite étincelle vient de
jaillir dans son prodigieux cerveau.

— Je crois savoir qui est votre homme, annonce-
t-elle soudainement.

Randolph s'étouffe littéralement dans sa tasse de Darjeeling brûlant, ce qui éclabousse ses pantalons rayés et compromet l'impeccabilité de leur pli. Quoi? Arlène connaît déjà l'identité de l'assassin alors que depuis deux mois tout Scotland Yard s'acharne en vain à y parvenir? Décidément, Einstein n'était qu'un idiot de village comparé à cette fabuleuse déesse.

— Vous parlez sérieusement? ne peut-il tout de même s'empêcher de douter.

— Naturellement, Randolph, je n'ai pas l'habitude de prononcer des balivernes.

— Mais alors qui est-ce? s'impatiente-t-il, heureux de constater qu'il ne finira pas ses jours dans le trafic.

— N'allons pas trop vite, inspecteur, j'ai encore besoin de compulser le rapport de police, que je devine épais sans bon sens.

— Je l'ai ici, dans mon attaché-case, chère amie. Je le mets évidemment à votre disposition.

— Merveilleux! Je le lirai ce soir à l'hôtel, avant de m'endormir. Si j'y découvre un indice intéressant, puis-je vous téléphoner à la maison?

— Mais comment donc! Je suis tellement énervé que je ne dormirai pas de la nuit. Vous pouvez m'appeler à toute heure, ravissante amie.

Ils se lèvent et quittent le restaurant, sous les applaudissements des nouveaux convertis. Lord Montbaton a même fait venir des fleurs et demandé au benjamin du Club, jockey dans le civil, d'offrir un bouquet à la latiniste. Elle le remercie d'un sourire qui ferait fondre le Groënland. Les deux détectives sortent enfin à l'air libre, ravis de constater que la brume a disparu et que les étoiles scintillent au-dessus de l'Angleterre.

— C'est parfait, remarque Arlène, comme Noël approche, je pourrai alors faire mes emplettes des Fêtes demain, chez Harrod's.

❏

Randolph Hactif, en pyjama, regarde les nouvelles de la BBC tout en sirotant une verveine pour calmer ses nerfs mis à rude épreuve par l'affaire de Blackchapel. Il vit seul dans un quatre pièces élégant qui a vue imprenable sur Westminster Abbey, quand la brume fait relâche évidemment, comme cette nuit. Il pense à l'ennemi numéro un, SON ennemi numéro un, l'assassin de Blackchapel qui lui glisse entre les doigts depuis tant de semaines. Arlène Supin, cette délicieuse Canadienne qu'il a rencontrée un jour à Val d'Isère* a beau prétendre avoir résolu l'énigme, il demeure sceptique, car il sait qu'en affaire criminelle, il ne faut jamais jurer de rien. La sonnerie du téléphone interrompt soudain sa réflexion et il n'a qu'à tendre le bras pour s'emparer du combiné posé sur le guéridon qui jouxte son fauteuil Niagara.

— Hello? répond-il d'une voix excessivement fluette.
— Mister Randolph Hactif, je vous prie.
— One moment, please.

Il attend quelques secondes avant de continuer. Il simule toujours une voix féminine quand il répond au téléphone, façon de montrer qu'il a une épouse ou tout au

---

* Lire: *Le short en est jeté,* publié chez VLB.

moins une domestique à son service. C'est sa coquetterie de vieil aristo qui ne veut pas avouer la solitude de sa vie monotone. Il annonce enfin, d'un timbre plus grave qu'il ne faut:

— Hactif here!

— Randolph, c'est Arlène Supin. Pourquoi diable prendre cette voix de gonzesse pour répondre?

Décidément, cette détective en mini-jupe est rudement forte et on ne peut rien lui passer.

— Excusez-moi, chère amie, je m'étais étouffé avec un jujube et j'ai dû aller boire un verre d'eau pour calmer mes cordes vocales perturbées, ment-il.

— À tout événement, je ne vous appelle pas pour prendre des nouvelles de vos avatars jujubiens, j'aimerais discuter avec vous d'un point de votre rapport qui me chicote particulièrement. Dès que je suis entrée à l'hôtel — entre parenthèses, Randolph, ma chambre du Savoy est splendide; vraiment on se croirait au Claridge —, j'ai évidemment pris mon bain, puis me suis confortablement installée dans mon lit après avoir dévoré le petit chocolat qu'avait déposé sur l'oreiller la femme de chambre. C'est pas du Laura Secord, mais c'était quand même fort comestible. Bref, j'ai lu attentivement les quatre cents pages heureusement à double interligne du dossier et un fait y narré m'a littéralement sauté aux yeux. Qu'est-ce que cette Rolls Royce repérée sur l'une des rues du crime?

— Ah, vous voulez sans doute parler de la Rolls Royce garée le long du trottoir de Sinister Street. Ne portez aucun intérêt à ce détail insignifiant, chère amie, il ne s'agit que d'un banal stationnement interdit rapporté par un constable zélé.

— Mais Randolph, ne trouvez-vous pas étrange que ce coûteux véhicule présentait une rare anomalie, comme l'indique le procès-verbal de votre constable?

— Une anomalie?

— Mais oui, cette Rolls Royce était dépourvue de siège de conducteur.

— Banal, je vous dis. Les voitures garées dans ce quartier mal famé sont fréquemment vandalisées. Un citoyen de peu de scrupule aura forcé la portière du véhicule pour s'approprier un fauteuil dont l'élégance égayera sa masure, tout simplement.

— Ouais, peut-être, mais je trouve la chose bizarre. Que foutait là une voiture de cet acabit? Blackchapel ne doit pas être fréquentée par des Rolls Royce tous les jours, non? Ne serions-nous pas, Randolph, confrontés à un crime sulfureux qui pourrait impliquer un notable de Londres, voire même un membre de la noblesse britannique?

Randolph Hactif éclate de rire.

— Ah! dear Arlène, vous voilà repartie sur l'affaire Jack the Ripper qui, on s'en souvient, avait un moment laissé soupçonner un membre de la famille royale dont le carrosse avait été vu à proximité du site d'un attentat. Non, Arlène, cette Rolls Royce n'est pas un carrosse royal et nous ne sommes plus au XIXᵉ siècle.

— De toute façon, j'aimerais bien connaître le nom de son propriétaire.

— Le rapport ne l'indique pas?

— Hélas, non.

— Je m'emploie sur-le-champ à le découvrir et je vous rappelle aussitôt! Vous êtes à la chambre...?

— 314... J'attends fébrilement votre téléphone, Randolph.

Et Arlène raccroche. En limier efficace, Hactif compose alors le numéro de Scotland Yard et demande la section de l'Identification. Un commis empressé répond à l'inspecteur, puis se met à taper sur un ordinateur dont l'écran affiche aussitôt le rapport Blackchapel.

— Que voulez-vous savoir, sir? demande le commis.

— Le nom du propriétaire de la Rolls Royce garée en contravention sur Sinister Street le jour où Angela Thin a été tuée.

Le commis tape encore sur quelques touches. En écoutant la réponse, Hactif blêmit et son teint normalement rougeaud devient aussi livide qu'un Beautyrest innoccupé.

— A-t-il payé l'amende de sa contravention? demande-t-il au préposé à l'ordinateur... Comment, non?... Ah!, il prétend qu'on avait volé sa voiture?... Avait-il porté plainte?... Oui?... Hmm, cela me semble un peu trop facile... Bon, ça va, j'aviserai. Merci, mon brave!

❏

Arlène regarde sa Swatch. Si Hactif ne rappelle pas dans cinq minutes, elle éteindra la lampe de chevet et se laissera happer par Morphée, car la journée fut longue et mouvementée. C'est alors qu'on frappe de puissants coups à l'huis de sa chambre.

Elle se lève et, toute nue, se contente d'entrebâiller la porte retenue par la chaîne de sécurité. Elle aperçoit alors le faciès ravagé de Randolph Hactif.

— Vous ici? J'attendais seulement votre appel. Que se passe-t-il donc?

— C'est incroyable, Arlène, vous aviez raison!

Et il n'attend pas qu'Arlène décroche, il fonce dans la porte et entre précipitamment dans la chambre, emmenant avec lui la moitié du chambranle.

— C'est inouï, scandaleux, intolérable! L'Angleterre telle qu'on la connaît ne s'en remettra jamais. La France a raison, Arlène, Albion est perfide!

La latiniste, qui a couru dissimuler sa nudité sous les draps de son lit, ne peut s'empêcher d'objecter:

— Calmez-vous, inspecteur, et venez vous asseoir ici, à côté de moi.

Hactif, maintenant aussi rouge qu'un coquelicot, ne se fait pas prier plus longtemps et pose ses fesses au pied du lit. Il produit ensuite un mouchoir à peine plus vaste qu'un parachute et s'éponge le front.

— Oui, vous aviez raison, chère amie, nous avons affaire à un criminel qui plane dans la plus haute sphère de la noblesse anglaise. Tenez-vous bien Arlène: la Rolls Royce aperçue sur Sinister Street le soir du crime appartient à nul autre que Sir Conspeckt, le président du Rabbit & Fox Club!

— Oui? Et après?

— Mais voyons, Arlène, tout s'explique. Cet homme qui refuse avec tant de hargne aux femmes l'admission dans son cercle est évidemment un misogyne maladif. Ne vous l'a-t-il pas assez éloquemment prouvé ce soir? Cette aberration l'a évidemment conduit à vouloir trucider les représentantes du sexe faible, en commençant par les filles de joies, dont il doit en plus réprouver les mœurs dissolues. Oh!, il essaie bien de prétendre qu'on lui a volé sa voiture et sera coriace, mais j'en ai vu d'autres, Arlène, et nous le materons.

— Je regrette, Randolph, mais vous broutez dans les pâturages de l'erreur.

— Vous croyez? répond Hactif soudain calmé.

— J'en suis sûre. Vos nouvelles idées sociales suscitées par une compréhensible vindicte à l'égard de tout ce qui est en haut lieu vous égarent. Il est impossible que Conspeckt soit notre homme.

— Ah bon, et pourquoi?

— Vous le saurez demain, juré, craché. En attendant, allez dormir. Quant à moi, je tombe de sommeil.

L'inspecteur se lève, plus troublé que jamais. Il replace son melon sur son occiput.

— Je viens vous prendre demain après le petit déjeuner comme promis, Arlène?

— Oui, vers neuf heures. Bonsoir, Randolph… Oh! quand vous passerez devant la réception, en sortant, auriez-vous l'obligeance de demander qu'on vienne replacer cette porte sur ses gonds, j'ai horreur des courants d'air.

❑

La brume semble disparue pour de bon, car le soleil brille de tous ses feux, sans parvenir cependant à réchauffer un matin qui s'annonce bigrement frisquet. Hactif a été ponctuel, comme tout Britannique qui se respecte, et William Hampaine ouvre, galant, la porte de la Rover soigneusement astiquée par ses soins.

— Alors, dear girl, demande l'inspecteur, quelles sont vos conclusions sur l'affaire de Blackchapel? J'ai hâte de les apprendre, car il ne reste que quelques heures avant la fin de mon ultimatum.

— Tut, tut, Randolph, pas si vite. Vous m'avez promis hier de me conduire dans les grands magasins afin que je puisse y faire mes emplettes de Noël. J'ai d'ailleurs ici la liste des cadeaux que je veux offrir cette année.

Elle produit une liasse de feuillets gravés aux armoiries du Savoy et se met à les compulser:

— Bon! Un gilet de cachemire pour ma mère, une pipe de bruyère pour mon père, des revues porno pour grand-papa Ludovic, un foulard écossais pour Lino Léomme, des noix assorties pour Mortimer Veilleux, un T-shirt des Rolling Stones pour Lady Wampole Harry-Dough, une canne à pommeau d'or pour le capitaine Van Katparkat, des Reebok pour Xégaz, un porte-jarretelles fripon pour Pipette, un carnet d'adresses relié cuir pour le marquis Macho-Von Priapp, une cassette Berlitz anglais-français pour Abel Mondeau, un capuchon de vison pour le bras de vitesse de la Vroomex d'Adhémar Charrière...

— By Jove, l'interrompt William Hampaine, look at that, sir!

— My God, Arlène, encore une autre manifestation syndicale. Nous allons être bloqués dans la circulation pour des heures.

La détective lève les yeux et regarde à travers le pare-brise de la Rover.

— Diantre, cher ami, nos parades du Père Noël sont de simples processions de village comparées à celle-ci.

— Ne vous moquez pas, dear, il y en a au moins deux mille!

Il faut dire que le spectacle en vaut la peine: la rue est totalement envahie par une horde de pères Noël déambulant en rangs serrés et brandissant des pancartes revendicatrices. Les habits rouges, les barbes blanches et les grosses bedaines s'étendent sur plusieurs kilomètres.

— They do not seem very merry, sir, remarque Hampaine en immobilisant la voiture à deux millimètres d'un Santa Claus particulièrement hargneux.

Hactif pousse un long soupir.

— L'Angleterre traverse une période d'agitation extrême, Arlène. Voyez, même les pères Noël sont mécontents.

— Mais c'est merveilleux, dit-elle. Cela va nous faciliter la tâche et économiser un temps précieux.

— Que voulez-vous dire?

— Mais oui, Randolph, si je voulais ce matin que vous m'accompagnassiez dans les magasins de Londres, c'était pour retrouver notre assassin.

L'incompréhension se lit sur le visage d'Hactif comme sur celui de votre beau-frère à qui l'on explique les principes de la mécanique ondulatoire. Bref, ses sourcils atteignent la stratosphère.

— Je voulais pouvoir examiner chaque père Noël de vos magasins, tâche longue et difficile j'en conviens, mais absolument nécessaire. Or voici qu'ils déambulent tous sous nos yeux. Vraiment le Seigneur est bien bon.

— Je ne comprends toujours pas, s'exaspère Hactif.

— Soyez patient, inspecteur, et laissez-moi surveiller tranquillement ces pères Noël. Quand j'aurai repéré celui que je cherche, je vous l'indiquerai et vous l'arrêterez.

— Vous avez compris, William? demande Hactif résigné.

— Yes, sir! Ready when you are.

Arlène actionne l'abaisse-glace électrique et regarde passer la parade, si l'on peut dire. Il y a des pères Noël de tout acabit, des longs, des courts, des grassouillets, des gras, des immenses, des gigantesques, des mécontents qui vocifèrent et même des sarcastiques qui lancent des ho! ho! ho! de dérision...

Arlène pose sa divine main sur la manche d'Hactif.

— Attention, Randolph, le voilà, là en face du drugstore.

— Lequel, celui qui dépasse tous les autres d'une tête?

— Si, je vous le dis, c'est lui!

— Vous le voyez, William?

— Yes sir, I see him!

— O.K., then, let's go!

William Hampaine, vif comme l'éclair, ouvre la portière et, toujours nanti de son parapluie, se faufile parmi les bonhommes rouges comme un serpent parmi les fougères tropicales. Il dépasse le père Noël identifié par Arlène, fait une rapide volte-face et assène un violent cou de parapluie à la pancarte que brandit l'individu. Celui-ci baisse les bras de surprise et Hampaine en profite pour lui passer une paire de menottes en acier inoxydable à toute épreuve. Randolph, qui suivait son chauffeur, se contente de déclarer d'une voix où transparaît encore un certain doute:

— Santa Claus, je vous arrête! Suivez-moi au poste!

Les deux policiers regagnent ensuite la Rover en compagnie de leur père Noël, qui semble n'offrir aucune résistance. Les manifestants, légèrement ahuris, ont stoppé leur procession un moment puis, haussant les

épaules, ont poursuivi leur chemin, car la revendication
ouvrière n'attend pas.

— C'est bien beau tout ça, les accueille Arlène, mais
comment le faire entrer dans la Rover? Pour moi, Randolph, vous feriez mieux de commander un panier à
salade!

❑

Scotland Yard.

Arlène est très impressionnée de se retrouver dans le
temple policier par excellence où tant de célèbres affaires
criminelles ont connu leur conclusion. Le bureau de Randolph Hactif est impressionnant et traduit bien l'importance de celui qui l'occupe.

Assis à un pupitre visiblement contemporain de Sha-
kespeare, le grand limier anglais, les mains croisés sur un
sous-main en papier buvard, regarde droit dans les yeux le
suspect que William Hampaine a si brillamment arrêté en
pleine rue londonienne.

— Nom, prénom, qualité? interroge-t-il d'un ton
habitué.

— Jack Leventru, sans profession, sinon celle, fort
temporaire, de père Noël, répond l'individu d'une voix
forte.

Randolph l'examine sur toutes les coutures. Jamais
dans sa vie il n'a vu aussi énorme père Noël. À cause de
sa fantastique bedaine, ce dernier a dû s'asseoir à deux
mètres du pupitre de l'inspecteur, qui estime que la blouse
écarlate doit receler une douzaine d'oreillers tout au

moins. En limier efficace, il demande d'abord, pour décontenancer le suspect:

— Jack Leventru, que faisiez-vous dans la nuit du 14 septembre au volant d'une Rolls Royce immatriculée au nom de Sir Conspeckt?

Leventru a une réaction que n'attendait pas Randolph: il courbe la tête, répandant ainsi son immense barbe blanche sur sa fantastique bedaine, puis se met à pleurer à chaudes et abondantes larmes.

— N'en dites pas plus, inspecteur, finit-il par sangloter, j'avoue! Oui, c'est moi qui ai volé la Rolls Royce. Que voulez-vous, comme je n'ai pas les moyens de posséder un tel véhicule et que je n'avais pas le choix...

— Le choix de trucider trente-quatre pauvres innocentes filles de joie, Leventru?

Le père Noël se lève comme mû par un ressort et se dresse dans la pièce, qui devient soudainement minuscule tant il occupe de la place.

— Quoi? Vous m'accusez des meurtres horribles qui passionnent et inquiètent tout Londres? Mais vous êtes fou, inspecteur, il n'y a pas plus doux et plus gentil que moi. D'ailleurs, pourquoi pensez-vous que je joue ainsi au père Noël, si ce n'est par amour des petits enfants?

Hactif éclate de rire.

— Votre défense m'amuse beaucoup, Leventru, mais ne me convainc absolument pas. Sous ce déguisement anodin se cache l'être le plus abject qu'il m'ait été donné de rencontrer. William, je vous prie, passez-moi donc votre parapluie.

Hampaine s'exécute et l'inspecteur, brandissant l'arme du sergent, plante violemment la pointe du pépin dans le ventre surdimensionné du père Noël.

— Enlevez-moi ces oreillers, cette barbe et ce ridicule costume, Leventru, afin que je voie de quoi a l'air le plus grand criminel de l'histoire moderne d'Angleterre.

— Arrêtez, Randolph, s'interpose la latiniste, n'avez-vous donc rien compris?

— Mais... mais, Arlène, n'est-ce pas vous qui m'avez demandé de l'arrêter sous prétexte qu'il était l'assassin de Blackchapel.

— Leventru est l'auteur de ces crimes, j'en conviens, mais il n'est pas assassin.

— C'est vrai, clame le père Noël avec véhémence, je n'ai tué personne.

Randolph Hactif s'empare du volumineux dossier qui encombre son pupitre, le projette au plafond, se lève et, les bras au ciel, lance:

— Je ne comprends plus rien à cette maudite affaire! Venez, William, conduisez moi à Piccadilly Circus, le trafic des Fêtes y nécessite sûrement mon intervention.

Arlène se lève à son tour.

— Du calme, messieurs, et je vous en prie asseyez-vous!

Les trois hommes obtempèrent, interloqués par le ton de la détective.

— Je vais tout vous expliquer, poursuit-elle, c'est simple comme bonjour. Il est évident, inspecteur, que si Leventru a dérobé une Rolls Royce, en l'occurrence et par hasard celle de Sir Conspeckt, c'est que l'admirable véhicule était le seul qui pouvait contenir tout entier un aussi énorme individu. Il a même fallu que Leventru, vu la corpulence de sa bedaine, enlève le siège du conducteur et s'asseoie sur la banquette arrière pour parvenir à la conduire.

— J'accepte en principe votre raisonnement, Arlène, mais ce forban agissait ainsi pour aller rôder dans Black-chapel et commettre ses horribles forfaits, non? interrompt Hactif.

— En un sens oui, mais n'allons pas trop vite. Dites-moi, Leventru, avez-vous volé vous-même la Rolls ou avez-vous été aidé par un complice?

L'immense père Noël ne peut retenir un regard admiratif devant un tel flair.

— J'ai eu un complice en effet, un habile voyou qui, moyennant quelques livres sterling, est venu me livrer cette voiture devant chez moi.

— C'est bien ce que je pensais, dit Arlène assez fière d'elle. Donc Leventru adapte la Rolls Royce à ses besoins et profite de la brume intense pour aller rôder dans Black-chapel, quartier infâme bien connu pour la quantité de prostituées qui fréquentent ses rues et surtout leurs trottoirs. Bref, il va là pour assouvir sa sexualité débordante... Il rôde dans les venelles mal éclairées, recherchant la sollicitation des demoiselles de minuscule vertu. Celles-ci finissent par l'interpeller et il les suit alors dans leur sordide chambre et les précipite sur leur grabat afin d'assouvir son désir. Les pauvres filles, en l'apercevant, n'ont qu'une réaction: la surprise, dont vous avez d'ailleurs constaté le masque sur leur visage cadavérique. Mais les malheureuses, renversées sous l'étreinte, meurent littéralement asphyxiées par le poids fantastique de Leventru.

— Bref, au lieu de se servir de l'oreiller du lit, le macabre père Noël étouffe ses victimes avec son ventre, remarque Hactif, de plus en plus vaincu par l'argumentation d'Arlène.

— Oui, sauf un léger détail. Quand il rôde dans Blackchapel, Leventru n'est pas déguisé en père Noël!

— Quoi? s'exclament à l'unisson Hactif et son sergent.

— La vérité est plus simple, inspecteur. La bedaine de Leventru n'est pas factice, il est vraiment gros. D'ailleurs je l'ai vu blêmir quand tantôt vous l'avez dardé avec le parapluie d'Hampaine. Il est même tellement gros, tellement fantastiquement obèse que les plus imposants champions de sumo nippons ne sont que de maigrelets pugilistes auprès de lui. C'est pourquoi il ne peut rouler qu'en voiture dûment transformée pour le transporter. Mais Leventru est non seulement libidineux sans bon sens, il est aussi fortement complexé et ne peut supporter d'exhiber en public une corpulence qui susciterait immédiatement les quolibets méchants de ses concitoyens. Alors il ne sort dans Londres que dissimulé par une brume épaisse.

— Pourtant aujourd'hui le ciel de Londres est aussi pur qu'une première communiante, oppose Hactif.

— Oui, mais Leventru est habillé en père Noël et ses dimensions deviennent alors normales, quoique tout de même démesurées. J'ai tout compris, Randolph, en mettant ensemble les pièces du puzzle. Pourquoi des crimes toujours commis dans la brume? Sûrement pour éviter qu'on reconnaisse l'auteur... qui est donc facilement reconnaissable. J'ai pensé un moment que le criminel pouvait être une personnalité connue, un sir, un lord, voire un duc, mais quand vous m'avez parlé du sentiment de surprise lu sur les cadavres et de l'absence de marques d'asphyxie, j'ai tout de suite compris que nous avions affaire à un individu tellement énorme que les filles n'avaient pu d'abord croire qu'on fût si gros et ensuite résister à son poids qui, si je ne m'abuse doit égaler celui d'un piano à queue ou celui de Lise Payette et Ginette Reno réunies. Le détail de la Rolls Royce m'a un moment fait douter, mais quand vous m'avez dit que son siège avant manquait, j'ai tout de suite compris que ma thèse était juste. Quand à Sir Conspeckt, il ne pouvait être soupçonné, étant maigre comme un couteau. J'ai alors subodoré qu'un être si lourd et si complexé, qui ne devait donc jamais sortir de chez lui par temps clair, profiterait évidemment de la période des Fêtes pour aller prendre l'air et déambuler dans Londres protégé par le seul déguisement qui lui convient, celui de père Noël. Cette grève me fut favorable, car j'ai pu rapidement repérer parmi tous ces Santa Claus le suspect le plus plausible, c'est-à-dire le plus gros d'entre eux.

Les trois détectives se tournent vers Leventru. Celui-ci se lève et se met à retirer sa veste vermillon, sa chemise et même sa camisole. Point d'oreillers, mais en revanche une bedaine comme on ne pourra jamais en imaginer, une monstrueuse bedaine qui rendrait une baleine jalouse. Il remet ensuite sa camisole, se rasseoit et avoue:

— C'est vrai, madame, vous avez entièrement raison. Oui, c'est moi qui ai hanté les rues de Blackchapel, c'est moi qui ai accepté de suivre les filles qui faisaient le trottoir, mais je n'ai jamais voulu les assassiner et si elles sont mortes étouffées sous mes hommages, ce n'est qu'accidentel. D'ailleurs, à force de lire les reportages des journaux sur l'épidémie de crimes à Blackchapel, que je mettais d'abord sur le compte d'un nouveau l'Éventreur, j'en suis venu à l'affreuse conclusion que j'étais l'involontaire instrument de ces crimes. J'ai alors cessé sur-le-champ mes virées nocturnes, reconnaissant à ma grande peine que mes ébats érotiques mettaient la vie des pauvres filles en péril. Quand je les quittais, je prenais leur immobilité pour de l'extase et ne pouvais jamais concevoir que j'abandonnais alors des cadavres... Comme tout cela est triste et comme je regrette cette passion dévorante, mais que voulez-vous, je suis victime d'une libido qui, normalement saine, devient chez moi un danger public. C'est dur, vous savez, de toujours se cacher, de ne jamais pouvoir sortir en public, sauf déguisé en père Noël un mois par année... Qu'allez-vous faire de moi, inspecteur?

Hactif regarde Arlène, qui lui suggère la réponse d'un sourire.

— Vous suggérer un régime, Leventru, car je vois bien que vous êtes innocent. Pas de viande, hein, du yogourt, un peu de laitue et surtout, pour commencer, une tonne de salpêtre!

❑

Arlène est retournée à Montréal en 747 de British Airways, conduite à l'aéroport d'Heathrow par William Hampaine, dans la Rover cette fois nantie d'une remorque U-Haul pour transporter les cadeaux de Noël de la détective. Hactif, après avoir fait la bise à sa divine amie, s'est précipité au 10 Downing Street, où l'attendait madame Thatcher en tapant du pied. Il a tout raconté à la Première ministre fraîchement ondoyée de *spray-net*. Magnanime, et satisfaite du dénouement de l'affaire Blackchapel, elle lui a accordé son pardon, puis l'a gentiment congédié, pressée par les affaires de l'État et un gigot qui risquait de brûler dans le fourneau. Soulagé, le grand limier de Scotland Yard s'est rendu à Piccadilly Circus en métro. Debout, au milieu du trafic étourdissant, il s'est alors planté devant le constable qui gesticule ses directives et lui a fait un magistral pied de nez.

Table des matières

Achevé d'imprimer
en mars 1991 sur les presses
de l'imprimerie Gagné
à Louiseville, Québec